인향문단 시화집

시詩의 침묵

인향문단 시화집
시詩의 침묵

초판 인쇄일 2024년 12월 31일
초판 발행일 2024년 12월 31일

지은이 인향문단 · 경기 광주문학 · 애월 향기문학 · 전당문학 동인
펴낸이 장문정
펴낸곳 도서출판 그림책
디자인 이정순 / 정해경
출판등록 제2010-000001
주소 경기도 수원시 영통구 이의동 웰빙타운로 70
연락처 TEL070-4105-8439 (010)2676-9912
E-mail : khbang21@naver.com

인항문단 시화집

시詩의 침묵

한 편의 시로 깨어날 준비를 한다

- 방훈

겨울을 이기고 봄이 온다. 온 세상에 눈이 내려 설원을 이룬다. 온 세상이 잠들어 있는 것처럼 보이지만 눈과 얼음 아래에서 온갖 것들이 봄을 준비한다.

겨울의 심연 속에서, 우리는 고요함 속에 묻혀있는 세상을 본다. 눈송이들이 하나 둘 내려앉으며 이불 같은 순백의 담요를 만들어내고, 얼어붙은 호수는 봄을 기다리는 물고기들에게 겨울의 찬바람을 막아준다. 나무들은 하얀 눈의 무게를 견디며 묵묵히 서있고, 호수는 설원으로 변하여 펼쳐지고 각양각색의 풍경들은 마치 꿈결 같은 장면을 그린다. 이 고요한 시간 속에서, 언어들은 응결되고 마음은 서서히 열린다.

겨울의 고난을 이겨내고 나무와 나무가 모여 숲을 이루듯이, 많은 시인님들이 어깨를 나누어 한 권의 책이 숲을 닮기를 간절하게 바라며 시어를 다듬고 가꾸었기에 이 차가운 계절에도, 우리들의 내면에서는 끊임없이 한편의 시를 향한 희망이 자라난다.

그리하여 봄에 자라나는 새싹처럼 하얀 종이에 한땀한땀 수를 놓듯 새겨서 세상에 떠나보낸다. 보는 사람들의 마음이 겨울을 이기고 봄을 기다리는 마음처럼 찬란하고 풍요롭기를 바란다. 세상은 지금 온통 눈과 얼음이다. 그래도 세상을 다시 그릴 새싹들이 봄을 준비하며 온갖 것들이 봄을 기다린다.

이 겨울의 기다림 속에서 시어詩語가 자란다. 그리고 시의 새싹이 숨 쉬고 있다. 겨울의 끝자락에서, 우리는 그 고요함 속에서 새로운 시작을 준비한다. 눈 속에 숨겨진 온갖 것들이 봄의 바람을 부르며 한 편의 시로 깨어날 준비를 한다.

인향문단 편집장 방훈

인향문단 편집장인 방훈 작가는 1965년 경기도에서 출생하였습니다. 대학에서는 국문학을 전공하였으며 2000년 초반 시인학교에 시를 게재하여 시인학교 추천시가 되면서 본격적인 시창작활동을 하였습니다. 그 이후에 개인시집과 여러 동인시집을 같이 발간하였습니다.

시詩의 침묵 탄생을 축하합니다

– 심애경(전당문학 회장)

올해는 추운 겨울이 될 것이라는 기상청의 예상대로 첫눈이 많이 내려 많은 피해를 남기며 시작되었습니다. 첫눈이 내리고 겨울이 시작하니 차가운 바람이 더욱 매섭게 느껴지고, 길고 어두운 겨울 밤이 점점 길어지며 하얀 눈이 온 세상을 덮어갑니다.

겨울의 시작은 고단한 시기를 예고하지만, 이 시기에도 우리는 한 겨울을 이겨내고 풍요로운 문학의 업적을 이루기 위한 준비를 시작합니다.

눈 덮인 겨울 풍경 속에서, 온 세상이 고요히 잠든 듯 보이지만 그 아래에서는 봄을 준비하는 잔잔한 기운이 숨어 있습니다. 차가운 겨울밤, 창밖으로 들리는 바람 소리와 함께 시집을 읽으며 시인의 마음을 느낄 수 있는 순간들은 겨울의 풍경 속에서 더욱 특별하게 다가옵니다.

겨울의 시작과 함께 발행되는 인향문학의 시화집에 전당문학 동인들과 함께 시를 게재하게 되어 매우 기쁘게 생각합니다. 「시의 전당문인협회」 전당문학과 함께 하는 인향문단이 발행하는 제6호 시화집 [시詩의 침묵]에 등재하게 되어 감사드리며 어려운 계절에도 넉넉하게 함께해 주신 것에 감사한 마음입니다.

시인의 詩가 모여 시화집을 만들어 고단한 삶에 쉼의 원천으로 독자들의 가슴에 담기는 마음의 양식이 되어 삶에 힘든 독자들에게 귀감이 되어 아름답고 향기로운 여운을 남겼으면 합니다. 겨울의 고난을 이겨낸 뒤 맞이할 봄에는 문학적으로 성취를 이루며 꽃피울 수 있기를 바랍니다.

전당문학 회장 심애경

현)시의전당문인협회 회장
현)정형시조의 美회장
제8회 무궁화 벽송시조 문학상
제2회 석교시조문학 대상
제1회 석교시조문학 우수상
부산문인협회 표창장

영호남문인협회 작품상
시조집 [혼을 담은 시조향기] [엄마의 살강]
공동시집 [울타리]

[시詩의 침묵] 탄생을 축하합니다

– 김경란

인향문단 '시의 침묵' 출간을 진심으로 축하드립니다.

(경기)광주문인협회 회원들도 '시의 침묵' 시화집에 참여하여 작품집에 시가 실리게 되어 영광스럽고 감사합니다. 지난번 출간한 '시인의 노래' 시화집을 보시고 동참하고 싶다고 하셔서 함께 하셨는데, 이번 시화집도 마음에 드시길 바랍니다.

겨울의 시작과 함께 찾아온 첫눈이 온 세상을 하얗게 덮으며, 차가운 바람이 더욱 매섭게 느껴집니다. 길고 어두운 겨울밤이 길어지고, 하얀 눈이 쌓인 풍경 속에서 우리는 시를 통해 따스한 마음을 나누고자 합니다.

눈꽃이 피어나는 나무 가지들, 얼어붙은 강물 위에 드리운 달빛, 그리고 창밖에서 들려오는 바람 소리가 모두 이 시화집에 담긴 시의 묘미를 더해줄 것입니다. 겨울의 차가운 공기 속에서도 시인의 따뜻한 마음이 느껴지길 바랍니다.

내년에는 더 많은 회원들이 참여하실 것이라 생각합니다. 별도의 지면을 내주셔서 더욱 감사드립니다. 저도 광주문협 회원이라서 더욱 뜻깊은 기회라고 생각합니다.

내년에는 인향문단이 전국적으로 더 널리 회자되어 우리 문단에 더욱 큰 발자국을 남겨주시리라 믿으며, 개인적으로 저는 올 한 해 인향문단과 함께하여 행복하고 감사했습니다.

인쇄 작품집이 점점 귀해져 가는 시기에 고품격의 문집을 제작하여 전국의 많은 시인들께 작품을 실을 수 있는 좋은 기회를 만들어주신 인향문단 대표님께 다시 한번 감사드립니다. 겨울의 차가운 바람 속에서도 시의 따스함이 퍼져나가길 바라며, 인향문단의 발전을 진심으로 기원합니다.

추운 겨울이지만, 시화집을 통해 독자들이 따뜻한 온기를 느끼길 바라며, 모두가 함께하는 이 문학의 여정이 앞으로도 오래도록 이어지기를 기원합니다.

경기광주문학 출판국장 김경란

강원도 평창 출생이며 국문학을 전공하였다. 시인과 육필시에서 시 등단하였으며 문예사조에서 수필로 등단하였다. 그리고 한국문학예술에서 희곡으로 등단하였다. 경기광주문인협회 사무국장이며 광주아카데미예술단 단장이다. 한글연구가, 시낭송가, 동화구연가로 활동하고 있으며 2022년 한국문인협회 이사장 표창을 받았다. 성장동화 '뽀글이 콩닥콩닥 첫사랑'을 형설아이출판사에서 출간하였고 장편소설 '허물과 가시'를 푸르름출판사에서 출간하였다.

[시詩의 침묵] 탄생을 축하드립니다

김은영

인생의 여정은 끊임없이 도전하는 정신으로 오늘도 내일도 수많은 상념 속에서 사랑하는 것에 중점을 두고 살아갑니다. 먼지 같은 작은 방울들이 이슬처럼 영롱하게 빛을 만들어내듯, 우리들의 시어들도 모여 모여서 친구 같은 언어의 마술사로 변신하는 사람들의 글들이 얼마나 소중하게 느껴지는지 모릅니다.

작가님들의 좋은 일과 궂은 생각들이 합쳐져 좋은 책으로 거듭나며, 이런 과정을 통해 문학의 꽃이 피는 책이 되기를 소망합니다.

첫눈이 내려 온 세상이 하얗게 덮이는 이 겨울, 옳고 그름이 얼어붙은 세상에서, 그늘진 세상 속에서 값진 시를 쓴다는 것은 참으로 기쁜 일

입니다. 이 계절 잔잔한 행복을 주는 겨울나무처럼, 이런 계기를 통해 심장을 따스하게 녹여주는 책이기를 간절히 바랍니다.

하얗게 눈이 내린 겨울 풍경처럼, 우리들의 마음도 눈 내린 설원에 이름을 곱게 새기면서 차가운 바람을 맞이할 것입니다. 그리고 길게 펼쳐진 눈길 위에 잔잔하게 시의 침묵을 노래할 것입니다. 새하얀 눈 아래에서 넘치도록 행복을 나누어 주는 모든 분들께 두 손 모아 진심을 표합니다.

어느 때보다도 더 정성을 들여 세심하게 편집하고자 하시는 방훈 회장님께 감사의 인사도 아끼지 않으며, 한발 한발 딛고 일어서며 나아가는 인향문단의 무궁한 발전을 기원합니다.

애월향기문학 회장 김은영

애월 김은영 시인, 시낭송가

상지영서대학교 졸업
(전)예촌문학회 부회장
(전)국제문학바탕문인협회 강원지회장
(현)등불문학문학회 회장
원주시 문학백일장 장려상
내일신문 시민공모전 입상
이효석 메밀축제 수필 공모전 입상

한국시낭송 대회 장려상
국제문학바탕문인 협회 공로상
문학바탕 월간지 다수 수록
국제문학바탕문인협회 시와 에세이 2 참여
국제문학바탕문인협회 시와 에세이 8 참여
국제문학바탕문인협회 시와 에세이 15 참여
제1시집 [엄마의 비밀(문학바탕)] 출간

인향문단 시화집 - 詩의 침묵
CONTENTS

전당문학

인향문단 시화집

시詩의 침묵

김만종

충청북도 청주에서 출생하였으며 한국방송통신
대학교를 졸업하였다. 인향문단에 작품을 발표
하며 등단하였고 왕성한 창작활동을 하고 있으며
자신의 창작시집을 준비하고 있다.

가을빛 그대

김만종

가을빛이
너무 좋다
그치!

작은 연못에
비친 하늘 보면

금붕어들이
하늘 속에서
노닐고 있는 듯

마치
꿈결 같은 풍경이
펼쳐지는 것 같아

가을 하늘은 맑고
투명해서

연못에 비친
하늘도

그대로
내 심장에 들어온
당신 모습 같아

아침 안개

김만종

흐릿한
풍경 속에

가려진
아름다움이

시선을
잡아두고

스케치되는
실루엣은

가을 숨결을
느끼게 하네

또 바람처럼

김만종

나란히 걷던
이 길 떠나고 나면

이 길을
나 홀로 어찌 걸을까

불러도
대답이 없을 텐데

그리워서
보고파서

외로워서
눈물나서

그대 없으면
이 정든 길을

차마 홀로
걸을 수가 있을까

쉼

김만종

저 높은 하늘 아래에
작은 존재일 뿐이지만

그 안에서 행복을 찾으며
해가 지는 것을 슬퍼하지는 말자

꿈은 작지만 별들이 지는
산 너머에
이 몸 쉬어갈 곳 있으니

손 안에 열쇠

김만종

행복은 손에
쥐고 있는 열쇠라는 걸
알았다면
더 일찍 찾았을 텐데

세상에 숨 막힐 듯
답답했던 시간들이
흐르고

비로소
내 손안에 들어온
따스한 열쇠

이제는
내 안의 행복을
누려야지

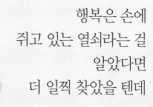

혜향 김미숙

1964년생
전북 김제출생
방송통신대 유아교육과 졸업
유치원교사
인향문단 홍보이사
문학촌 인천지역장

당신

혜향 김미숙

늘 애쓰는 당신,
잔잔한 미소가 듬직한 한 사람,
바로 당신입니다.

바람 속에 속삭이는 나무들,
그 잎사귀 하나하나에 애타는 마음을 전합니다.
잔소리는 당신을 위한 한없는
나의 사랑입니다.

따스한 햇살에 꽃이 피듯,
애정으로 살아온 삶,
이제는 서로를 지켜주는 행복한 희망입니다.

외롭고 힘든 날에도 곁을 지켜주는 당신,
어둠 속에 빛이 되어 동행해주는 그 마음,
우리의 사랑은
늘 희망의 등불이 됩니다.

여행

혜향 김미숙

행복한 짐을 꾸린다
나만을 위한 시간이다
마음에 즐거움이 더한다

신나게 여행을
가슴이 탁 트인 바다로
운좋게 날씨도 한몫한다

바다와 이야기를 나눈다
언제나 그자리에 있어
고맙다고

나는 바다와 사랑의
이야기를 나눈다

화가

혜향 김미숙

눈으로 볼 수 있는 고운 빛깔
도화지에 채색하며
고운 내 삶을 그린다

좋아하는 꽃들과
내가 닮았으면 하는
진실함도 좋아라

멋진 작품을 만들듯
나는 꽃같은 숲에서
나도 화가가 되었으면

고운님

혜향 김미숙

고단한 하루가
이렇게 지나가고 있다
운 좋게 고운 님과 하루를

달도 뜨고 별도 뜨는
하루가 잠이 든다
고생했어 토닥토닥

편하게 하루가
고운 님과 행복을
사랑이 내 몸으로 온다

사랑

혜향 김미숙

하나에서 둘이 된 사랑
사랑이면 다 행복인 줄
고단한 삶에 세월을 잊는다

바쁘게 살아온 삶
기쁘게 사랑으로 극복하고
이겨내는 큰 사랑의 나무가 되고

나무에 가지가 많아지고
사랑의 열매가 주렁주렁
그 사랑의 힘으로 이렇게 나는 익어간다

김자경

김자경 시인은
강원도 태백에 거주하고 있습니다.
문학을 좋아하고 시를 꾸준하게 창작하면서
인향문단을 통하여
작품을 발표하고 있으며
개인창작시집과 한시 번역에 대한 출판을
준비하고 있습니다.

덧없이 흐르는 세월

- 清婉 김자경

또 하루가 저물어간다. 좋은 일, 궂은 일, 즐거웠던 시간, 우울했던 시간
들, 모래알처럼 매끄럽게 흐르는 세월, 떠도는 안개처럼 산전수전 겪으
며 쉼 없이 흘러가는 것이 세월이다. 많은 사람들, 할 수 있는 일들도 눈
앞에서 유유히 멀어져 가며 서서히 사라진다.

나이 들수록 절실히 느끼는 것은 자신의 본심을 잃지 않고 세월의 가르
침을 받아 깨닫고 영혼도 따라 양분을 받으며 계발되고 성장해 간다는
것이다.

다른 사람들을 부러워했던 지난날들, 고난과 울분으로 들썩이던 마음
의 아픔을 겪으면서도 여전히 초심 잃지 않고 진실한 마음으로 살아온
내가 자랑스럽다. 본심에 따라 평범한 날들, 평범한 일들을 빛내려고 애
쓰며 사는 것이 내 인생의 최종 목적이라 여겼다.

삶이란 항상 버겁지만은 않고, 웃을 일도 많다.

비바람을 무릅쓰고 낯선 인생길을 걷는 우리에게 먼 훗날 이런 모습이
기억 속에 깊이 새겨질 것이다. 그런 세월 속에 바람은 많은 기대와 유감

을 휘몰아가고, 걱정거리도 빗물에 떠내려간 듯 세월의 흐름 따라 지나
간다.

뽀얗게 하늘이 가랑비를 뿌리기 시작한다. 부슬부슬 내리는 가랑
비는 다시 한 번 나를 멍하게 만들어 셀 수 없는 지난날 속에 빠
져들게 한다. 곤혹스럽던 지난날의 추억, 그림자같이 따라다니
던 어려움들, 무력감에 빠져 허우적대며 곤경에서 벗어나려 애쓰
던 나날들, 돌이켜보면 이 모든 불쾌함도 별 것 아니게 사라져 간다.

실은, 인생이란 별 것 아니다. 지는 해를 놓친다 해도 별과 하천의 찬란
함이 있고, 새벽을 알리는 별빛이 있으니 희망이 보이고 바람이 있다.

우리가 살아가는 환경 속에는 꼭 풀어야 할 과제가 있다. 긴 과정을 풀
어가면서 자신을 하찮게 생각하지 않고 오직 내가 유일한 존재로 자신
감을 잃지 않았다.

시간은 말없이 스친다. 속세의 푸르름을 지나, 창밖의 짙푸른 나뭇가지
사이로 빠져나간다. 여름날의 매미는 끊임없이 재잘거리고, 생명은 이렇
게 또다시 뜨거운 열기를 뿜어내며 끓어오른다.

강물은 쉼 없이 최종 목적지인 바다를 향해 흘러간다. 세월도 산전수전

을 다 겪으며 흘러간다.

흐르는 시간 속에 꽃처럼 아름답던 내 가족들, 친인, 친구들도 유수같이 흐르는 세월을 이겨낼 수 없어 하나둘 내 옆을 떠나간다.

달이 지고 아침 해가 솟아오른다. 또다시 시작되는 하루 일상 속에 파묻혀 있는 이때에도 삶에 대한 애착은 줄어들지 않고, 더욱이 쫓는 발걸음을 막을 수 없다.

젊음은 멀어져만 가는데, 미래에 대한 희망은 잃지 않고 마음속 깊이 명심한다. 쉼 없이 앞으로 나아가면서 꼭 다시 만날 날을 기약하며 다시한번 정신을 집중하고 걸어간다.

세월도 편안하게 흘러간다. 여름 무더위는 빨간 꽃처럼 정열적이다. 간간히 불어오는 더운 바람이 스쳐가고, 밀려드는 고민거리는 궂은비처럼 추적거린다.

황혼의 서녘 하늘, 얼마 남지 않은 인생이다. 이 순간이 얼마나 소중한지를 새삼 느끼며 아름다운 인간 세상을 다시 한 번 음미하며 부질없는 생각들을 떨치고 고민에 빠진 걱정들을 털어버린다.

지속되는 일상이 우리가 가는 과정이다. 이 과정에서 똑똑히 보는 것보다 가볍게 여기며 지나는 것이 낫고, 꿰뚫어 보는 것보다 담담하게 받아들이는 것이 더욱 현명한 선택이다. 이기적인 것보다 아량이 넓은 마음은 살아가는데 도움이 되고 좀 더 편안한 삶일 수도 있다. 정신을 집중하고 끊임없이 노력하면 반드시 놀라운 성과가 있을 것이다.

계절은 때가 있고 만물은 순서가 있다. 살짝 스치는 여름 바람도 뜨겁게 느껴지지 않는다. 오직 식지 않는 열정만이 긴긴 세월을 이겨낼 수 있다. 품은 열정 그대로 산과 바다를 향해 희망을 갖고 달린다면 어젯날의 따뜻함도 내 옆에 남아 있으리라.

살면서 일어나는 천만 가지 일들을 담담히 웃어넘기고 바람같이 자유롭게 날며 세상을 깨닫고, 세속의 티끌에 물들지 않은 채 자유와 낭만의 마음으로 살아간다.

어김없이 찾아오는 7월, 어언 반년이 지나 농작물이 마디지고 이삭이 무성하다. 가을바람이 불면 모든 노력이 결실을 맺는다.

한여름의 아름다운 강산을 돌아보며 즐거움과 자아를 찾아 사랑과 삶의 아름다움을 한 몸에 느끼는데 가장 적절한 때가 아닐까.

어제가 아무리 좋아도 되돌릴 수 없듯이 어떤 어려움이 있더라도 내일을 향해 한 걸음 성큼 내딛는다. 평정심과 긍정, 건강한 마인드, 이 모든 것은 초심을 잃지 않은 정신적 기반이 된다. 이로써 낯선 인생길을 더듬어 전략을 짜는데 도움 받아 자랑스러운 자신의 모습을 내세우고 유감을 덜 남긴 채 자아를 높이며 살아간다.

이런·하루하루가 지겹지 않고 내 인생에 의미가 담긴 삶이라 목표는 늘 그렇게 그리며 간다.

늙은 천리마는 구유에 매여 있지만 포부는 저 멀리 천리 밖에 었다. 현재 나는 해가 지는 황혼을 맞이한다. 60대에 들어섰지만 늙었다고 생각하지 않는다. 가슴을 쭉 펴고 고개를 들고 앞으로 나아간다.

삶의 목적지는 나를 향해 손짓한다. 남은 인생은… 원더풀 라이프!

김진철

경기도 양평에 거주하고 있으며 20년째 산양삼을 재배하고 있다. 진자연약초대표이며 다양한 산삼관련 제품을 개발중이다. 인향문단에 작품을 발표하며 등단하였고 왕성한 창작활동을 하고 있으며 자신의 창작시집을 준비하고 있다.

가을산에서

김진철

가을바람에 흔들리는 가지들
찌르륵 찌르륵 풀벌레 소리
가끔 울어주는 가을새들
오가는 사람들의 발자국 소리

가을산을 훑고 내려오는
바람 속에서
너의 향기가 난다

가을 숲에서
난 너를
생각해야만 했다

끝사랑

김진철

첫눈에 반하는 사랑보다
끌리는 사랑을 하고 싶다.

첫눈에 반해 실망이 더해지는 사랑보단,
알수록 매력 있는
그런 사랑을 하고 싶다.

무언가 생각하고 만나는
사랑보단, 마음으로 교감하는
그런 사랑을 하고 싶다.

강물 위에 놓인 징검다리를 걷는
사랑보단,
구름 위에 놓인 오작교를 걷는
사랑을 하고 싶다.

첫사랑의 풋풋함을 기억하며
처음인 것처럼
끝사랑을 하고 싶다.

아카시아

김진철

뒤꽁무니 쪽쪽 빨며
맛있게 따먹던 꽃들

가위바위보로
손가락 튕기기로 몹시도 괴롭히던
가지의 잎들

천하에 쓸모없는 나무라고
다 베어버려야 한다고 하던
쓸쓸한 나무

반백의 세월이 지나
반백의 머리를 하고
다시금 꽁무니를 빨아본다

넌 정녕 쓸모없는 나무였던가?

아련한 추억을 간직한
달콤한 아카시아여

무소식

김진철

하루종일 그대 생각으로
가슴이 먹먹하여 숨쉬기조차
힘이 들었다.

하루하루 소통이
참 소중했다는 것을 느끼며
하루가 가고,

먹어도 걸어도
참 재미없는 일상이 되었다.

부디 별일 없기를 바랄 뿐,

할 수 있는 것이 없기에
너무 답답하다.

사랑하는 딸에게

김진철

어느날 선물처럼 태어나
감동과 기쁨을 준 너.

힘든 평창에서의 삶 또한
함께 지내며 견뎌내준 너.

도약의 시기에도 묵묵히
스스로를 지켜준 너.

지금 도화지 위에 구도를 잡고,
색을 입히고 있는 너.

붓끝에 너의 꿈을 싣고
찬란한 내일을 위해 나가렴.

지칠 땐 쉬어가도 되더라.
슬플 땐 눈물 흘려도 되더라.

다시 일어나 너 자신을 믿고
앞으로 나아가렴.
그저 묵묵히 걷다 보면
닿게 되는 이상향을 향하여.

김현식

인향문단에 시를 발표하면서 등단하였으며, 왕성한
창작 활동을 펼치고 있습니다. 시에 대한 열정으로
가득한 그는 매일매일 새로운 영감을 찾아 글을 쓰
고 있으며, 현재 시집 출판을 준비하고 있습니다. 그
의 작품들은 독자들에게 따뜻한 감동과 깊은 여운을
남기며, 시를 통해 삶의 의미와 아름다움을 전하고자
하는 열망이 담겨 있습니다. 시에 대한 끝없는 열정
과 헌신으로 문학의 꽃을 피우기 위해 끊임없이 노력
하고 있습니다.

사막의 노래

김현식

끝없이 펼쳐진 사막
삶과 죽음의 경계가 없어
두려움이 엄습한다

태양이 달군 뜨거운 열기는
청춘의 열정보다 더 뜨거워
붉은 숨을 탁 막는다

밤이 되면 급격히 식어가는 체온
잃어버린 꿈이 차갑게 잠이 든다

푹 빠진 발자국은 흔적조차 없고
몇 번을 둘러 보아도
지나온 길과
나아갈 길의 구분이 없다

경계선 없는 막막한 인생의 길
아무런 준비 없이는

어디로 가고 있는지도
어떻게 살아 남아야 하는지도
손을 내밀 곳도 없어
고독한 침묵 속에 모래가 파고든다

돌탑

김현식

하나하나 겹겹이 쌓아 올린
돌탑의 소망
하늘 끝에 닿지 못하는
꿈의 조각들

단단한 받침돌이
비바람의 세월을 버텨왔어도

삶의 무게가 버거운 받침돌
한순간 와르르
무너져 내린 세월의 무게

무너진 그 자리에
새 희망을 차곡차곡 쌓아도
하늘 끝 닿지 않는
마지막 한 조각의 꿈

여전히 부풀은 하늘색
꿈꾸며
또 하루를 살아가네

눈물의 기억

김현식

그리움이 가득한 밤
대답 없는 그대를
여전히 애타게 기다리네

바람 속에 떨리는
그대 목소리만이라도 다시
한 번 더 듣고 싶지만

눈물의 기억 속에 남은 그대는
아름다운 흔적으로 조각된
젊은 날의 사랑이어라

희망의 불씨

김현식

어둠 틈새에서 삐져 나오는
작은 빛이
희미한 희망의 불씨가 되어준다

겨울밤 동파를 막으려
둔벙한 마음을 헌 옷으로 칭칭 감싸고
고단한 겨울의 싸늘한 터널을
지나갈 준비를 한다

살아오면서 깨우치는 하찮은 것들이
삶의 빛으로 슬며시 다가와
절망 끝에서도 죽음을 비웃으며
살아나는 용기와 희망의 불씨가 된다

어둠이 제아무리 짙어도
그 속에 스며든 빛을
감출 수는 없다

바쁜 나의 손

김현식

가까이 있지만 내색 없는
차가운 손 매일이 전쟁이다
사람을 만나고 보낼 때
그 손은 무기처럼 강해진다

밥을 먹고 세수를 하고
약속 장소로 나갈 때에도
거친 바람을 막아내는 손
시간을 기록하며 글을 쓰고
책을 넘기고 옷을 챙긴다

지친다는 말 없이
굳세게 하루를 완성한다
그 손 얼마나 많은 것을
견디고 살아왔는가

나는 그 손을 사랑한다
가장 가까운 전우처럼
그 손을 어루만지며
감사의 마음에
화장을 고친다

노영순

2019년 대한문학세계 시 부문으로 등단하였고 왕성한 창작활동을 하고 있으며 자신의 창작시집을 준비하고 있다.

참 좋은 날입니다

노영순

파란 잉크 쏟아진 듯한 하늘에
그림을 그린 듯 하얀 구름 나서고
길모퉁이 지나는 바람은
오랫동안 잊고 있었던 기억으로 넘나드니
입 끝 달싹이며 닿을 듯 닿지 않는 그 이름으로
나를 불러냅니다.

요사채 길 건너 잡목 사이
추억 언저리의 향을 따라가 보니
산국화 노랗게 피었습니다.
열 번의 달이 밀려와 어딘지 모를
세월에 눈 뜬 반가움은
수천 개의 등불을 켠 듯
마음이 환하게 피어지고
바람이 좋아
노랗게 포근해진
그런 오늘, 참 좋은 날입니다.

닿다

노영순

이른 아침 나선 길
조금 선선한 바람이 이마를 스치우고
가을이 다가와 조금 눈부신 그런 적당한
무언가 아름다운 그런 공기에
하늘을 보며 심호흡해 봅니다.

구름 위 하늘을 날아 연곽을 두르고
연꽃을 새긴 범종처럼
어제와 같은 오늘을 돋을새김을 하며
시간의 층위가 켜켜이 쌓인 염불소리에
햇살이 반짝입니다.

너와 나 사이 두 손 모아 놓은 다리에
살짝 입술 끝을 올려 곱게 단장한 반야연지
고해를 넘어 두드린 바람
동녘 빛 사방에서 지켜주니
아름다운 날들에 자금광은 언제나 밝아옵니다.

오늘

노영순

비록 동그란 일출은 못 봤지만
밤새 뒤척거린 처마 밑 바람종은
하늘 위를 걷는 바람 따라
잠깐의 산책길을 나섭니다.

목깃 파고드는 서늘함에
희미한 옛 추억 담모퉁이를 돌며
곁눈질하는 단풍은 여려진 햇살 속
그리움 하나 되새김합니다.

여름

노영순

기억하지 않으려 해도
마음을 띄워 물든 너의 생각에
여린 하늘이 고매롭게도
세월을 품습니다.

깨어 있는 아침이
붉은 실을 만지작거리며
곧은 줄기를 다듬기에
내년 이맘때
잔잔한 웃음짓는 너를
다시 만날 수 있을까 하여
바람을 만져봅니다.

바람 불 때 떠나보자

노영순

짙푸른 바다 빛을 가진 구름이
탁 트인 창가로 희끗희끗 날린다.

수평선 위로 몰려 있는 구름떼는
바람 많은 끝자락에서
해무 가득 내린 바다와 하늘의 경계를 놓은 채
아늑한 몽환을 품는다.

구름 속으로 사라져 가는 비행기가
화폭에 담은 그림과도 같이 산책하듯 숨을 쉬고
휘어지도록 깊어진 가을은
커피 한 잔에 낙조를 담아온다.

박기종

수원에 거주하며 회사를 다니고 있는 그는 인향문단
시화집에 작품을 발표하며 등단하였다. 고향에 대한
깊은 애정과 향수를 담아 많은 시를 창작하며, 왕성
한 창작 활동을 이어가고 있다. 그의 시에는 고향의
아름다운 풍경과 따뜻한 추억이 가득 담겨 있으며,
이를 통해 독자들에게 고향의 향수를 전하고자 한다.
현재 그는 이러한 고향에 대한 애정을 바탕으로 자신
의 창작 시집을 준비하고 있다.

들깨밭의 가을

박기종

가을의 황금빛 들판
깻잎이 황금빛으로 익어가네

나는 정성스레 들깨를 수확하네
바람에 흔들리는 들깨밭
나의 손길이 닿을 때마다
들깨는 가을의 노래를 하네

수확한 들깨를 모아
정성껏 씻어 기름을 짜네
들깨의 향기가 세상으로
퍼져나가네

나의 땀방울이 빛나는 순간
가을의 풍요로운 속에서
나의 마음도 황금빛에 물드네.

고추를 심으며

박기종

작은 모종 속에 담긴 희망,
새로운 시작을 알리는 순간.
농부는 고추 모종을 심는다

고추는 뿌리를 내리고
푸른 잎이 돋아나고
농부의 마음도 함께 자라네

그러나 비바람이 몰아치면
연약한 고추는 쓰러지고
가뭄이 찾아오면
목마름에 시달리네.
병충해가 덮쳐오면
잎사귀가 시들어가고
농부의 마음도 함께 아파하네

고추는 그래도 붉게 익어가네
햇살을 머금은 고추의 빛깔
농부의 땀방울을 담았다

무지개 마을

박기종

고향 괴산의 푸른 산 푸른 물
그곳에 계신 어머니의 따뜻한 미소
그리움은
늘 가슴 한 켠에 자리하네.

어머니의 손길,
그 온기,
어린 시절의 추억이
가슴을 울리네.

바람에 실려오는
어머니의 그리움,
어머니의 목소리가
들리는 듯한
그리움이 늘 마음속에 울리네.

어머니, 그리운 어머니
억겁에 시간이 흘러도
어머니의 사랑을 잊지 않으리라.

금왕에서 하루

박기종

푸른 여름날,
고등학교 선후배가 모여
바베큐 불꽃 아래에서
웃음꽃이 피어나는 시간

고기 굽는 냄새에
시원한 바람이 스며들고
술잔을 기울이며
옛 추억을 나누는
우리들

서로의 이야기가 이어지고
밤하늘의 별빛 아래
우정의 불꽃이 타오르네

여름밤의 싱그러운 공기
선후배의 웃음소리
그날의 기억은
마음속에 영원히 남으리

감자를 심으며

박기종

봄날의
따스한 햇살 아래
농부는 씨감자를 심네

비와 햇빛을 머금고
감자는 뿌리를 내리고

푸른 잎이 돋아나고
감자꽃이 피어나고

하얀 꽃잎이
바람에 흔들린다

이윽고 농부는
수확의 기쁨을 맞이하고
농부는
자연의 순환 속에서
희망과 기쁨을 맛본다

박미섬

연세대박사 과정을 이수하였고 시인이며 문학평론가
이다. 경북신문에 [박미섬 홀리는 글쓰기] 섹션을 맡
아 진행하며 왕성한 창작활동을 하고 있다.

불과 얼음의 거리

박미섬

조금만 가까워져도 타죽는다
끓는 기름에 물을 붓듯
맨손으로 만질 수 없는 감정이
사방에 튀어오른다

조금만 멀어져도 얼어 죽는다
맞잡은 손까지 얼어붙어
선 채로 죽어간다

불탔다 얼고 말랐다 젖는
끓었다 식고 찢기고 갈라지는
사랑밖에 못 하는

너는 불을 삼킨 아이
나는 얼음을 삼킨 아이

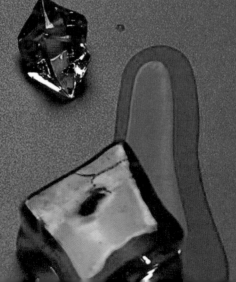

9월의 입술

박미섬

바람이 입술을 배달했다
9월의 입술은 여전히 뜨겁고
고장난 보일러처럼
살갗을 태우며 뚫는다

고치러 온 기사는 입술에
입술을 포개고 사라졌다
몸통 전체가 입술인 뱀이
내 꿈을 꾸며 후진했다

9월의 입술은 여전히 뜨겁고
고장난 심장처럼
아무 때고 피를 쏟는다
너에게 배달하고 싶어졌다

마음의 온도

박미섬

마음의 온도는 여전히 뜨겁지만
수증기에서 얼음으로 변해간다

망치로도 다이아몬드로도 쪼갤 수 없고
헤쳐 나올 수도 없는 얼음벽 속에서
뜨겁게 얼어붙고 차갑게 끓어넘친다

누군가를 사랑하는 것은
얼음이 될 줄 알면서도
불타기를 바라는 일
바위가 될 줄 알면서도
흐르기를 바라는 일

무이 박종선

경기성남거주
공감문학 등단
공감문학협회 정회원
솜다리문학 정회원
2020 우리시 정회원
2018년 가시2집 '내안의 가시' 공저
2018년 시집 '새벽향기' 출간
2021년 인향문단 '그날이 오면' 시화집 공저

휘어진 힘

무이 박종선

직선으로 내리쳐야 하는 각도
망치의 머리가 큼직하다
내려치는 속도와 힘은
날카롭고 길게 휘어지고
빗나간 중심에 못의 허리가 꺾인다
아래로 휘어진 못의 머리
내리칠 수도 없고 뽑기도 어려운
휘어진 못의 힘은 뿌리를 갖는다

짧은 말의 직선은
조금씩 긴장의 땅에 뿌리를 박고
각도에 밀린 말의 중심에
가슴이 부딪쳐 구부러졌다
돌이킬 수 없는 자세
바닥을 향한 머리가 일그러졌다
제자리로 돌아가는 길은
휘어진 힘을 이길수 없다

바닥은 부딪치는 모든 것에
휘어짐을 갖는다

절구

무이 박종선

어머니 마을 뒤켠에는
세월이 길게 주름진 나무절구가 있다
평생 속을 두들기던 공이도 없고
거쳐간 곡식이며 나물들도
누군가의 절구가 되거나 공이가 되었지만
빈 속을 허옇게 드러낸 채
시간이 파먹는 주름만 깊어지는
나무절구는 눈길 주는 이가 없다

난 누군가의 절구로
몇십 년을 살다가 뭉개진 속을 드러냈다
나무보다는 단단하다고
아니 돌보다도 단단하다고 믿었던
쇠심줄 같은 속내가 패인 채로
감당할 수 없는 공이는
짝을 짓지 말았어야 했을까
말없이 지키던 자리가
비가 오고 바람 불어도
제자리로만 알았는데
서로 다른 하늘을 보는 각도는
가슴을 후비며 뭉개졌던 것일까

객토

무이 박종선

거친 흙바닥으로 눈이 내린다
배추나비 같은 눈은 바닥에 앉자마자
아련한 기억이 되고
희끗희끗 백발이 된다
고된 노동의 흔적은
담장에 비스듬이 기댄
삽자루에 묻어 있고
하루치의 바닥은 얼핏 싱싱하다
맨살이 드러난 흙이
싸늘한 추위로 단단해질 때
세상은 한 계절쯤 떨어지고
뭉그러진 삽날만큼
바닥도 뭉그러졌다
시냇물이 열리고 종다리 뜨면
묵었던 시절 털어내고
바닥은 새 얼굴을 가질 것이다
그때까지 숨죽인 가슴으로
꽝꽝 얼어붙을 것

*객토: 이른 봄 종자를 심기 위해 언땅을 뒤집고 새 흙을 까는 일

물결

무이 박종선

비로소 물결의 푸른 눈초리에 내가 베인다
버텨온 시간이 이룬 모랫벌
그대 피부의 물무늬

바람의 각도를 다루어
바다를 다루는 물결의 지혜를 오늘 본다

바람의 잎새결로
푸득푸득 부드러운 살점으로 건사하고
멍울진 숨마다 진득한 울음을
차곡차곡 침묵의 결로 세워 왔다
수없이 베어진 상처도
하얀 물빛으로 아물렸다

빛과 어둠 층의 절묘한 삶의 무늬들
쓰러지고 다시 일어서는
반복의 고된 여정이기에
세상은 언제나 너
물결이라 부르고 싶다

벨소리

무이 박종선

어제에게서 전화가 왔다
어깨를 툭 치는 서늘한 새벽
목말랐던 기억이
집요하게 울린다

망설이다 무시하기로 했다
하루를 갈아입을 때마다
잔등을 괴롭히는 실밥 같아도
뼈에 새겨져 불쑥 걸려올 테니

울림이 멈추면
아무 일 없듯이 일상으로 돌아가
무심한 내일을 준비하고
반 박자씩 기억을 잃어버릴 것이다

더께처럼 오늘이 쌓인 후
소리의 힘이 사그라들고
문득, 빈 여백이 공허해질 때
울림마저 그리워질 테다

누룩 같은 앙금이
돌처럼 굳어 향기만 남으면
그 날의 소리를 찾아
이름을 불러볼 수 있을까

박현주

1964년 겨울에 충남에서 태어났다. 단국대 국문과를
졸업했고 아이들이 좋아서 시작한 봉사가 글짓기와 논
술 교실로 연결되어 지금도 아이들을 가르치고 있다. 창
작집으로 수필집 [동행]이 있다.

되감기

박현주

때론 그런 꿈을 꾼다
태엽을 감듯 시간을 돌려 감아
잠시 되돌아가기를

지나는 바람 한 줌이 스쳐도
바스러질 잿더미처럼
기억마저도 희미한 날들이
문득문득 그립고 아프고 시린 어지러움

나이가 그리는 그림

오늘도 한 겹 덧칠하다
후회를 하고
다시 그리워한다.

정전

박현주

초침 소리만 남은 고요 속을 살랑대는 지느러미가
유영하는 아침
익숙한 소음이 사라졌다

바글대던 어항 속 기포,
낮고 무거운 냉장고,
거슬리지 않지만 존재감 분명한 공기 청정기,
제법 목청 좋은 세탁기,
보청기 낀 엄마의 텔레비전

모든 게 딱 멈춘 낯선 거실에 스며든 햇살이
버티컬 줄무늬 따라 하얗게 벽을 탄다
멍하니 흐르는 구름에 상상을 더하다
깃털처럼 떠오르던 마음을
낮잠에 묻던 아이가 계단을 뛰어오른다

덩치가 커진 소음에 무감각했던
일상 앞에 툭 떨어진 몇 시간

밤샘 작업이 날아가
비명 지르던 아이도 잠든 고요,
해가 더디다

봄편지

박현주

책꽂이를 정리하다가
아들의 육아 일기장 꺼냈다
항상 그 자리 있어도 읽을 때마다 다른 느낌

몇 장을 읽다가
산후조리 마치고 집 가기 전
아버지가 적어 주신 글들,
낯익은 글씨에 눈길이 멈춘다

육아 일기장 빈칸이 생길까봐
분유 횟수, 트림 방법, 아이의 기분, 일광욕 시간,
세계 뉴스와 스포츠 결과까지
다정함이 가득하다

떠나시기 전
평생을 사랑하신 아이에 대한 마음,
애가 애를 키우는 딸에 대한 염려,
늦게 배달된 편지처럼
오늘 아침 내게 왔다.

6인실

박현주

모든 소리가 날을 세워 살아있다

아주 작은 움직임까지 물수제비 하듯
또 다른 소리를 만들고 날아와 박힌다

뒤척이는 몸은 철제 침대의 관절을 비틀고
슬리퍼는 달팽이 진액처럼 소리를 달고 돌아다니는 곳

각자의 프라이버시를 지키는 최후의 성벽 같은
커튼 한 겹 새로 소리가 보인다

속삭이던, 거침없던 각자의 사정이 너무 정직하다

듣고도 모른 척, 짐작하면서도 모른 척
가면을 쓰는 예의
공유의 공간

생각

박현주

뿌옇게 찰랑이다 묽게 엉기는 냄비 속을
천천히 나무주걱으로 젓는다

손목에 힘이 쏠려 팔꿈치를 무겁게 당기면
천천히 몸을 일으키는
느리고 게으른 기포

냄비 바닥을 달구는 불꽃을 피해
젖은 외투를 걸친 노인처럼 일어서다
더 별것 없는 헛기침으로
퍼억 흩어진다

박효신

인향문단에 시를 발표하며 등단하였고 인향문단 잡지
에 초대시인으로 참여하였으며 인향문단 시화집 1 2 3
4집에도 참여하였다. 인향문단 편집위원이며 인향문단
자문위원이다. 마운틴TV 시공간 명예의 전당에서 대상
을 수상하였다. 시를 꿈꾸다 3집 동인지, 한줄의 꿈 2-
캘리 동인지에 참여하는 등 왕성한 시작활동을 통하여
첫 창작시집인 [나의세상]을 발간하고 두번째 시집 [내
눈에 네가 들어와], 세번째 시집 [너의 그리움이 되어],
네번째 시집 [나의 그리움을 만나고 싶다]를 발간하였다.

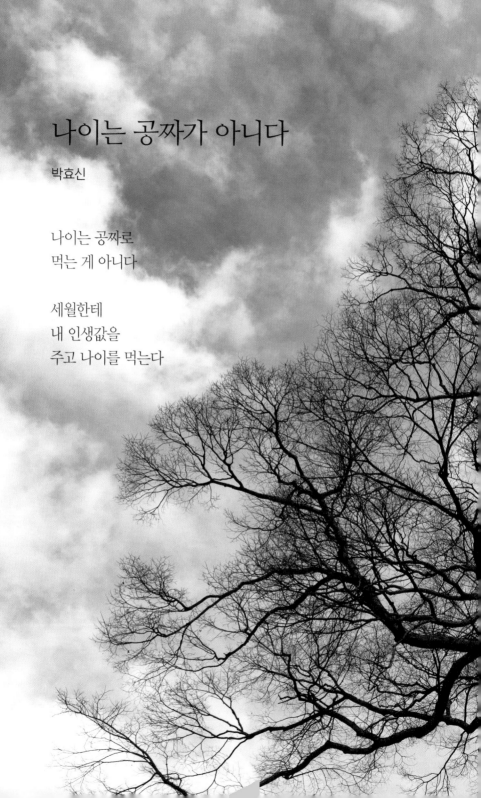

나이는 공짜가 아니다

박효신

나이는 공짜로
먹는 게 아니다

세월한테
내 인생값을
주고 나이를 먹는다

우리 엄니

박효신

엄니 엄니 우리 엄니
먼 길 떠나시니

마음 허전해
오늘도 지는 노을 바라보며
상상해 봅니다

우리 엄니 얼굴
잊지 않으려고요

포구

박효신

언제나
쓸쓸한 포구

파도에 쓸려 텅 빈 포구
사람도 외로움 느낄 때
포구를 찾는다

텅 빈 배 한 척 포구에
외롭게 누워 있다

외로운 포구는 갈매기도
날지 않는다

가을

박효신

가을 하늘 저렇게
시리도록 새파란데

높은 산 아래
온정이 흐르는
작은 마을

골목마다
담장에 걸린 감나무
가을빛이 발갛게
그림을 그려 놓았다

갯벌

박효신

칙칙하고 저 넓은 뻘밭엔

구불구불 발자국
누가 누가 만들었을까?

저 멀리 산 능선 위에
해님이가
황혼빛으로 발자국
만들었을까?

우리 엄마 얼굴 닮은
푹 패인 주름

신명철

국문학 전공
인향문단 등단
인향문단 동인 시화 참여
1집 〈하늘과 바람과 별과 시〉
2집 〈모란이 피기까지는〉
3집 〈그날이 오면〉
4집 〈해파리의 노래〉
5집 〈시인의 노래〉
6집 〈시詩의 침묵〉 작품 발표

김밥

신명철

이 때늦은 허기가
꽃 같은 목숨보다 더하겠느냐 심청아
볼 것 없는 아비의 눈을 찾아 뿌려진
공양미가 멀리도 돌았구나

해진 치마폭 바다를 떠돌다
열망한 어부의 늘어진 그물에
줄줄이 풀어진 밥알을 묶고 나면
그제서야 들리는 먼바다 새소리
맑은 국물에 든다

이별의 기억은 검게 잘린 마디에 스며
짐작도 못하는 빈속을 가슴으로부터 담고
늙은 아비만 허겁의 배를 채우는
이승의 아침

꽃과 함께

신명철

마음에 피다
떠나는 꽃이
다 이별은 아닌 듯
보이지 않는 것들도
꽃보다 귀한 이름으로
피어 있을 뿐인데
마음의 길은
꽃을 피우는 일이다

보내지 않는
이별은 없다고
꽃처럼 말하지만
마음은 바람 속에 있고
흔들리는 것들만
피고 또 진다

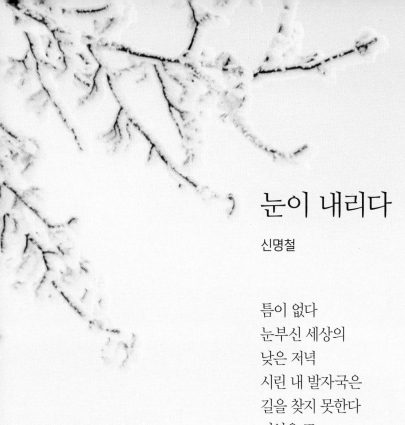

눈이 내리다

신명철

틈이 없다
눈부신 세상의
낮은 저녁
시린 내 발자국은
길을 찾지 못한다
기억은 또
얼마나 먼 곳에서
나를 부르는지
차마 돌아보지 못해
바람을 따르기로 한다

생각하다

신명철

먼 곳의 장미가 생각난다
사랑아 길을 다오
내 일찍이 흘렸던 눈물이
꽃이 지는 강의 봄살이 되는구나
그대에게 보여주고픈 춤이 있다
흔들리지 않는 깊은 물이 되고 싶다
그대가 주는 길을 따라
비밀이 많은 꽃들도
일찍 시들지 않게
짧아져 가는 봄 끝에
뒷말을 길이 남길 수 있게

그대가 있는 곳이 세상이었다고

억새

신명철

마른 세상을
들고 나면
흥에 겨워
길에 선 바람에게
기대고 있는데
너는 항상 나를
무심코 지나더라

안귀숙

아호: 曙燐 서린
경북 : 안동거주
제9회 사)희망봉광장 인문학문인협회 시.소설 부문 수상
사) 문학愛 문사사람들 작가협회
21기 시인 등단수상 공저(통권)다수 정회원
문학신문사 주관 노벨재단
제27회 윤동주 별 문학상 우수상
사) 문학고을 정회원 격월시 참여 우수작가상(2023년)
사) 시인의바다 정회원
동인지 노벨재단 UN NGO(2023년) 문학대상 수상 싸 다수
사) 경북 안동 와룡문인협회 정회원
사) 경북펜문학 정회원 격월시 참여

등대는

안귀숙

저 먼 곳
바다로 나가서
유유히 떠다니면서

넘실대며
들이대던 파도의 유혹에
흔들린 적은 없었을까

확고한
신념으로 묵묵히 서서
밤바다를 헤엄쳐 오는
배를 기다린다

긴 기다림으로
네 가슴을 기다릴 때

편지 한 장 보냈더라면
붉은 눈빛으로 어둠을 모른 채
밤새 울지 않았을 텐데

새벽달이
머리 위로 지나간다
오늘도 전하지 못한
말들이 파도에 매달려 있다

아무리 파도에 소리쳐 봐도
들리지 않으니

그렇게 마지못해 억지로
웃어 보이는 것은 내일이 있어서

쓰린 눈 깜박이며
밤새 몰래 울지도 않았을 것을

외로움도
저 바다에 날려버리고
아무리 도망쳐 봐도
아침은 올 테니…

그러게요

안귀숙

꽃을 보고 눈물 흘려도 괜찮습니다

너무 슬프고 화가 나서
부숴 버리고 싶은 갈등

꽃을 꺾지 않는다면 굳이
어디론가 훌쩍 떠나도 괜찮습니다

현실의 복잡성에 자기를 잃어버린
자아를 위한 시간이 필요하다면

미치도록 외롭다면
궁시렁 궁시렁 중얼중얼
혼자 떠들어대도 괜찮습니다

밤새도록
잠 못 이루고 뜨는 해를
새벽의 달이라 해도 괜찮습니다
밝은 만큼에 괴로움이 있다면 말이죠

그러나
정신줄 놓고 혼이 절대 빠지면 안 됩니다

그리움의 비

안귀숙

새벽이 날 깨운 것이 아니고
비가 나를 깨웠다

간밤에 살짝 오려다 들켰다
밤새 지나간 추억 한 움큼 잡고
시간의 먼지들을 탈탈 털어낸다

똑! 똑! 노크하듯 간절했을까

창문 유리벽을 타고
또르륵 또르르 내리는 빗물이

볼을 타고 내리는 눈물 같아 서글프다
영원하단 말 자주 쓰곤 했던 거짓말

멍때리며 조용히 다가온
그리움이 비가 되어 내린다

눈까풀이 음침하다 뜬 눈
새벽녘에 잿빛 하늘이
드리울 때까지 그리워했다

이슬처럼

안귀숙

풀잎마다 또르르 구르는
이슬에 자란 들풀처럼
화려하지 않아도 아름다운 들꽃처럼

자욱한 안갯속
어둠 속에서 맺혀가는 사랑처럼
한 걸음 한 걸음 양보하며 함께 걷는 우리

그 한 걸음 끝에는 진정한 아름다움이 있네

노래하는 마음속, 우리들의 영원한 사랑
꿈같은 이야기가 펼쳐지네

가을의 조각들

안귀숙

예쁘게 곱게 물든 나뭇잎 한 장 주워들고
그리운 이름 적어
비밀스러운 책갈피에 감춰 두었네

푸른 빛을 품고 온 봄의 향기를 따라
신록의 열풍 속 여름을 만났고

바스락 사그락 소리에
가을이 영글어가고 있음을 알았네

가을 숲은 나뭇가지 끝에 걸터앉아
계절의 변화를 이야기하고
내 모습도 변해 탈색되어 가니
서로 닮아 있네

숲에서 만난 그들의 가을 조각들
그리운 어머니 품처럼
아름다움을 지닌 자태
날개에서 바람이 불어오네

유평호

한울란 육종원 운영하며
신품종 개발하여 농가에 보급
2019년 인향문단 시부문 작품상 동행외 2편 수상 등단
인향문단 유평호 시화시집 출간 디지털 시화전
서각 작가로 활동 전시회 12회
대한민국 아카데미 미술협회 초대작가
대한민국 서예 문인화 초대작가
대한민국 서예 문인화대전 금상 수상
한국미술관 우수 초대 작가상 그외 다수

만추

한울 유평호

깊어져만 가는 가을
언제나 그래왔듯이
황금 들녘이 춤을 추고
오곡백과들이 앞다투며 무르익어 간다

곱게 단장을 한 만산홍엽
야들거리는 갈대의 춤사위
구름도 쉬어가고
바람도 덩달아 흥얼흥얼 콧노래 부른다

가을서곡에 맞춰
난 무작정 길을 나선다
가다 보면
또 다른 길이 있겠지 하는 설렘을 안고서
바람이 이끄는 대로
그 길을 따라가리라

청춘별곡

한울 유평호

다가갈 수 없기에
그리움만 가득 안고
지나간 청춘을 오선지 위에 올려 놓고
콧노래로 중얼거려 본다

단 한 번만이라도
그 시절로 돌아갈 수만 있다면
애원을 해서라도
난
돌아가고 싶다

돌아갈 수 없기에
…
꿈을 꾸어 본다

찌들 대로 찌들고
굴곡지고 피폐해진 청춘 앞에
다림질해 곧게 펴서 눈부신 하얀 옷에
넥타이도 매어주고 다시 시작하고 싶다

욕심이란 것을 알면서도

구애

한울 유평호

동장군의 시달림
억압과 굶주림 속에도
아랑곳하지 않고
보란 듯 대지는 깨어난다

겨울잠 자는 미물들도
대지의 속삭임에
동면에서 깨어나 기지개를 켠다

난 아직도
깨어나지 못하고 있는데
비우고 벗어던지는 게
꿈만은 아닐진대

대지의 손 맞잡고
깨치고 나아가 꿈을 꾸리라

하루

한울 유평호

여인의 허리춤 부여잡고
흐르는 음악에 맞춰
열정적으로 탱고를 추다가
격동적인 삼바 리듬에
훌러덩 다 벗고 알몸도 되어 보고
진하디 진한 여운이 남아
블루스도 추고

짧은 입맞춤에 긴 이별을 한다
다시 못 올 것 같은 나의 하루인데

내일이란 그녀는
빨간 립스틱 짙게 바르고 아침해가 되어

잠든 나를 깨우네

희망찬가

한울 유평호

하루가 저물어 간다
나도 따라 그 길을 간다
오늘, 내일, 그리고 모레

자유를 빼앗긴 채 쳇바퀴 도는 다람쥐
그 앞에 서성거리며 똥 마려운 강아지처럼
좌불안석하는 나

어리석고 우둔한 어제의 나는
두 손 비벼가며
구렁이 담넘어 가듯 구걸을 한다

내일 모레라는
진리의 여신은 미소로 답을 한다
희망이라고

난 한 잔의 술을 마신다
희망찬가를 부르며

이경화

1978 경남 마산 출생
창원여고 졸
건국대학교 불문과 졸
학원강사 근무
창원시보 시 당선
인향문단 〈시인의 노래〉시집출간
문학 블로그 20년 운영하였으며 최근 블로그 명을
〈인류건국문화일보〉로 바꾸고
문학 블로그겸 지역소식등을 가미하고 있다.

나의 난

이경화

기분이 다운되면 어디든 모르는 곳으로
떠나고 싶어진다
하지만 그럴 때마다 발목을 잡는
나의 난
내가 떠나 버리고 나면
난에 물은 누가 주지
물이 필요 없는 식물을 키우려다
그런 식물이 있나
그런 식물이 있으면
난 영영 못 돌아오나
이런 어지러운 생각으로
눈을 지그시 감고 있는데
날카로운 전화벨 소리가 울린다
소음이다
무슨 말을 하는데
하나도 못 알아듣겠다
난 잘못거셨습니다 하고
전화를 끊는다
그 전화 너머의 사람에게
나는 그의 난이다

고래고래

이경화

고래고래 고함치던 놈이 있었다
너 나랑 결혼할래 죽을래
너 나랑 결혼할래 죽을래
너 나랑 결혼할래 죽을래
소리치던 놈도 가고 없고,

고래 잡으면
누나랑 사귈 수 있냐는 놈도
군대 갔다오더니 방향 틀어버리고

이제야 저제야 님 기다리다
나이만 먹어
꽃분홍 고무신이 짓밟혀
떨어지는 것도 몰랐네

새 신 주문해 놓고 있는데
택배문자 날아든다
고객님이 주문하신 물품은 품절되어
환불 처리됩니다

소나무

이경화

나무야 나무야 소나무야
넌 하늘에서 아무리 차가운 눈이 내려도
혼자 고고하구나
너의 얼굴 어루만지니 쭈뻣쭈뻣 너의 이파리에
손이 아프다
조금만 더 나에게
마음의 문을 열어
사계절 내내 푸르름 중
한허리 베어내어
내게 주면 어떻겠니
오늘도 산에 떡 버티고 있는
소나무를 보며
내게서 말없이 떠나간
그 님을 생각하지만
오히려 부끄럼 많던 그가
이별을 고할 땐
언제 그랬냐는 듯
솔향 거두고 가더라

물불 안 가리고

이경화

차를 앞에 두고 그와 실랑이한다
너무 뜨겁지 않아?
찬물도 조금 부어 주지 그랬어
참 찬물 같은 소리 한다
불은 뜨거운 물로도 끌 수 있어
불은 뜨거운 불밖에 없지만
물은 찬물 더운물이 있어
여자는 화난 김에 한 마디 더 한다
넌 더운 차이지만 좀 있음 식은 차가 되지
그리고 맛이 없어져 버려지게 될 거야
날 제발 마셔 줘
웃기고 있네 난 너 같은 건 안 마셔
견뎌내 그 인고의 세월을
누가 다시 불을 때주면 다시 더운 차가 될 거야
그때쯤 넌 한기를 버리고 뜨거운 차가 되어
누구의 입으로 들어가겠지
그래 그때 한 번쯤 니 소식을 듣게 되겠지
니가 누구의 입으로 들어갔는지

마지막 여인의 향기

이경화

자유롭고 싶었다
여인의 향기가 있을 때
받아들이고 싶었다
자유이지만 자유롭지 않은
여인의 몸

그 누가 여인이 탱탱하고 탐스러울 때
갖고 싶지 않으랴
불그스름한 립스틱이 필요하지 않고
바알간 볼터치가 필요하지 않고
하얀 덧칠의 분이 필요하지 않은 그 나이
이제 얼마 남지 않았다

마지막 내 인생의 황혼기에
이런 사랑 한 번 해 봤다
떨리는 그의 입에서 사랑해, 라는
말 한 마디 들어봤다
내 손녀딸에게
할머니는 이런 사랑을 했다, 라고
나의 마지막 남은 향기를
어린 손녀에게 이양한다

이관영

평택에서 사업을 하고 있으며 인향문단 시화집에
작품을 발표하며 등단하였다. 전원생활을 꿈꾸다
가 강원도 왕산면에 자리를 잡았다. 왕성한 창작
활동을 이어가고 있으며 강원도의 아름다움과 전
원생활에 대한 시를 주로 쓴다. 현재 자신의 창작
시집을 준비하고 있다.

꿈의 정원으로 가는 길

이관영

도시의 바람을 뒤로 하고
강릉으로 향하는 길
마음속엔
설렘과 기대가 가득 차오른다

따스한 햇살이 나를 감싸고
새소리와 바람 소리가 마음을 어루만지는
푸른 산과 맑은 송천이 반겨주는 곳
꿈의 정원

이곳에서의 하루하루가
내 인생의
소중한 한 페이지로 남을 것을 알기에
오늘, 꿈의 정원으로 향한다

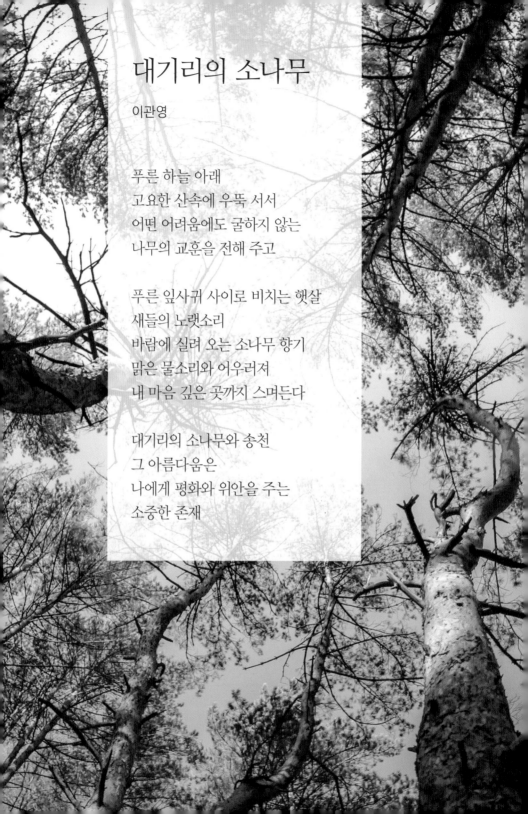

대기리의 소나무

이관영

푸른 하늘 아래
고요한 산속에 우뚝 서서
어떤 어려움에도 굴하지 않는
나무의 교훈을 전해 주고

푸른 잎사귀 사이로 비치는 햇살
새들의 노랫소리
바람에 실려 오는 소나무 향기
맑은 물소리와 어우러져
내 마음 깊은 곳까지 스며든다

대기리의 소나무와 송천
그 아름다움은
나에게 평화와 위안을 주는
소중한 존재

초보 농부의 봄

이관영

따스한 봄바람이 불어오면
초보 농부의 마음도 설렌다

겨우내 잠들었던 땅을 갈아엎으며
이마에 맺히는 땀방울
작은 손길로 정성껏 뿌리는 씨앗
그 속에 담긴 초보 농부의 소망

초보 농부의 마음은 두근두근
봄의 초보 농부,
그 마음속엔 희망으로 가득차 있어
오늘, 씨앗을 심는다

안반데기의 여행자

이관영

도시의 소음과 빛을 뒤로 하고,
안반데기의 고요한 품에 안긴다

바람은 부드럽게 속삭이고
별들은 밤하늘에서 춤을 춘다

밤바람에 실려오는 풀내음에
마음은 점점 가벼워지고
삶의 무게는 사라져 간다

고요한 밤, 별빛 아래
내 마음은 평온해지고
안반데기의 품에서
내 인생의 새로운 꿈을 꾼다

주문진 해변에서

이관영

푸른 바다와 하얀 모래,
주문진 해변

바다 위를 걷는 갈매기들,
하늘 높이 날아오르며 나를 반겨준다
모래 위에 남긴 내 발자국들,
파도가 지우고 시간이 지나도
추억으로 남으리

어둠이 내리는 바다
등대의 불빛들이 살아나며
별빛이 반짝이는 밤하늘 아래
바다의 속삭임을 들으며
내 인생의
또 다른 항해를 준비한다

이해랑

1963 경남 합천 출생
중졸, 고졸학력고시 합격
방송대법과 3년
대구시공무원 7년
2016년 한맥문학 시 등단
2017 한맥문학 평론등단
현) 에이치텐 발명 연구소장
H10개발 대표

꽃

이해랑

피었어요
지는군요
역사의 꽃

또 피네요
또 지는가요
정의의 꽃

지는 역사
뜨는 꽃은
아름다운 열매이고…

같은 하늘아래

이해랑

두바이 바닷가에도
평온히 잠든 고양이
자유가 있고 행복이 있다

서울 하늘아래
나만의 자유, 이기, 행복
묻지 말아요
흠담 말아요
모두의 자유, 행복 위해

아…
같은 하늘아래
세상을 빌빌 돌아댕겨보니
모두 같은 강아지

흠담(欠談) : 남의 흠을 헐뜯어 험상궂게 말함. 또는 그런 말.

자연의 품

이해랑

자연의 품
포근한 품

엄마의 품
아가의 행복

빛나는 새아침
아가의 세상

이태원 영혼

이해랑

젊음이 좋아
세상이 좋아
나가보자 귀신놀이도 괜찮다
할로윈

밀지마 밀지마
아름다운 우리 세상
여기서 아직 아니야

찬란한 꿈이여
청춘이어
이태원 골목길
짧은 생 지는구나

아… 아…
아까워라 청춘

천사를 보셨나요

이해랑

천상의 미소로
이땅에 온 정인이

아름다운 미소
전하러 왔어요

저도 아름다운 세상
보고싶어요
이제 그만해 주세요
힘들어요

잘못 왔나봐요
돌아갑니다

어린 영혼
…
정인아

이종윤

1964년 서울 출생
2013년 노동문화제 입선
달리는 자 (since1998)
추억을 그리는 자 (since1983)

겨울비

이종윤

겨울아 너 울고 있니
울컥하는 그 쓸쓸함이
비단 너 하나뿐이겠니

- 겨울, 누구도 다 그러하리

낙엽 이야기

이종윤

낙엽에 고운 사연 담아
엽서 한 장을 보내나니
이슬로 네 안부를 적고
야무지게 봉인하고서
기다리는 마음 전하네

- 가을이여, 그리움이여

42.195

이종윤

오래도 달렸네, 쉬지도 않고
래퍼토리는 언제나 똑같았지
달리기가 어디 쉬운 적 있겠니
리턴도, 유턴도 없는 인생처럼
기나긴 거리를 그렇게 달렸네

- 난, 오늘도 그렇게 42.195

힘내세요

이종윤

모든 것 다 잃은 듯할 때
두 손 모아 기도해 주며
힘내라 응원해 주는 인연
내 가족과 내 동무 있어
세상은 아름답다 하겠네
요술 같은 사랑이 아닐지

- 우리 그렇게 기대고 가네

虛名

이종윤

시절을 따라
푸른 바다 지나왔네
허공을 향해 남은 것은

하루를 걱정하던 내장을 털고
근심을 담았던 눈알도 내어주고
오롯 허우대 좋은 이름 하나
그렇게 걸려 있었네.

바람 좋다 해도 알 바 아니요
햇살 곱다 해도 네 상관없는 일
모두가 지나간 자리로
부질없던 꿈만이 덩그러니
그렇게 걸려 있었네.

그 자리, 네 묘비명에
'꿈꾸던 자'라 허명을 적어 본다.

장희준

인향문단에 글을 발표하면서 등단하였다. 1일 1글
쓰기를 몇년째 실천하면서 왕성한 창작활동을 하고
있다. 현재 유통업에 종사하고 있으며 작가로서의 새
로운 삶을 개척 중이다. 세상에 대한 많은 관심과 깊
이를 가지고 다양한 관점에서 글쓰기를 하고 있다.

세월이 지나서

장희준

이 담에 세월이 많이 지나
사랑한다는 말을 많이 할 것을
그리고 사랑한다는 말을 많이 듣고
살 것을 후회하지 말고

오늘 백 번이든 천 번이든
사랑한다고 말하고
또 오늘 백 번이든 천 번이든
사랑한다는 말을 듣고
후회없이 사랑한다는 말을 많이 하고
지나간 하루를 만들어 보아요

사랑한다는 말 많이 하면 할수록
가뭄에도 솟아나는
마르지 않는 샘물처럼 사랑이 솟아나요

그러니 우리 사랑한다는 말
들어도 들어도 질리지 않을 만큼
서로가 서로에게 하면서 살아요

세월이 많이 흘러
주름이 깊어지고 흰머리가 늘어나도
우리 사랑한다는 말
많이 하고 살아요

별바라기꽃

장희준

해가 지고 어두운 밤일지라도
별을 향해 피는 꽃,
별바라기

인생길 어두워 한 치 앞도 보이지 않을 때
우연히 나타나
내 인생의 나침반이 되어준 별 바라보며
그 별을 따라 피고지는 별바라기꽃

내 사랑은
별바라기 사랑

죽는 날까지
나의 별 하나만 따라서 피고 지는
별바라기꽃이고 싶어라

그 별바라기꽃 향기가
어두운 밤바람 물결따라
내 영혼을 간지럽히고
또 간지럽히고
별이 내 귀에 대고 속삭인다

사랑해

세월아 멈춰라

장희준

시간이 사랑하는 별의 얼굴에
주름을 더욱 깊게 하더라도
시간이 사랑하는 별의 흰머리를
더 희게 하더라도
시간이 사랑하는 별의 육신을
늙어갈 수 있게 할지 모르나
그 시간이 내가 별을 사랑하는 마음을
늙어가게 할 수는 없다

왜냐 하면
내 마음은 멈춰진 시간 속에서 머물며
온전히 별과의 사랑이
죽음으로 끝나는 날까지
별만 사랑하고, 별만 노래하고, 별만 바라보고
별과 함께 살아갈 것이다

그런 내 마음을 시간이
늙어가게 할 수는 없다
마음은 시간을 비켜서 지나간다

당신이어야 하는 이유

장희준

광야를 지나온 내 삶,
오직 당신이어야 합니다

당신만이 내 삶을 풍요롭게
당신의 사랑만이
나를 행복하게 합니다

이 세상에서 원하는 것은 오직 하나,
당신의 사랑
바라는 것도 오직 하나,
당신의 사랑입니다

하고 싶은 일, 해주고 싶은 일
모두 당신을 사랑하는 일
세월이 우리를 갈라놓기 전까지
오직 당신을 사랑하겠습니다

당신이어야 합니다
그것만을 바랄 뿐입니다

별을 사랑한 하늘

장희준

밤하늘아 어둡지 않다면
별이 어찌 홀로 빛날까요?

빛나는 별이 없다면
어두운 밤하늘은 얼마나 외롭고 고독할까요?

그래서 별과 밤하늘은
서로 사랑하게 되었습니다
해가 지면 별이 빛나도록
어두운 밤하늘이 찾아 왔습니다.
그 밤하늘에서 빛날 별을 사랑해서
만나러 왔습니다

별을 사랑하는 밤하늘이 이토록 아름다운 것은
별과 밤하늘이 깊이 사랑하기 때문입니다
별 하나에 사랑을 노래한 어느 시인처럼
그 별 하나와 그 별 하나를 사랑한 밤하늘이
밤이면 밤마다 만날 때마다

별은 더욱 더 아름다운 빛으로
영롱하게 반짝입니다
별을 사랑한 밤하늘이고 싶습니다

전경자

인향문단 시부문:당선 2019년
대한문학세계 : 시, 수필 신인문학상(2019년)
한국문학예술진흥원 : 코로나19극복 최우수상(2020년)
한국문학 올해의 작품상(2021년)
한국문학 예술인 금상(2022년)
한국문학 경기지회 향토문학상 동상(2023년)
대한문학세계 짧은 글짓기 금상(2023년)
대한창작문예대학 졸업 작품 경연대회 동상(2023년)
한국문학 올해의 우수작품상(2023년)
대한문인협회 신춘문학상 장려상(2024년)
서울시민문학상 삶의 시(2024년)

1. 꿈꾸는 DNA 1집 출간 /2021
2. 황혼에 키우는 꿈 2집 출간 /2023

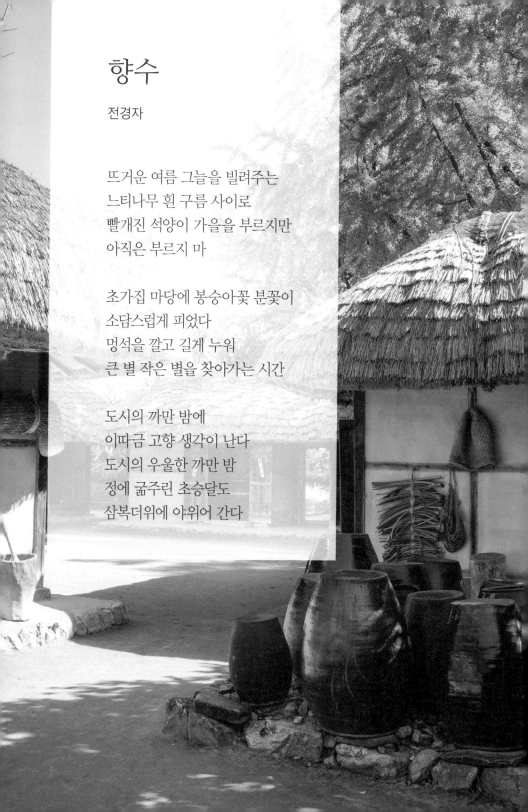

향수

전경자

뜨거운 여름 그늘을 빌려주는
느티나무 흰 구름 사이로
빨개진 석양이 가을을 부르지만
아직은 부르지 마

초가집 마당에 봉숭아꽃 분꽃이
소담스럽게 피었다
멍석을 깔고 길게 누워
큰 별 작은 별을 찾아가는 시간

도시의 까만 밤에
이따금 고향 생각이 난다
도시의 우울한 까만 밤
정에 굶주린 초승달도
삼복더위에 야위어 간다

추억

전경자

잠시 눈을 감고 추억들을 소환한다
무엇인지 모를
불꽃 가득했던
그 기억 속에서 빛나는 별들이 어둠을 밝히고

한 둘씩 변하는 모습에
난 변하지 않을래
변해버린 차가운 시선
쓸쓸함이
처음 보는 것 같은 날들

아무 일도 없는 것처럼
남겨진 그 이름 석자 목청껏 외친다
왜 꼭 너여야만 했는지

비가 오는 날

전경자

먹구름을 가두는 머나먼 남쪽 하늘
비를 부르는 시간 비가 오는데
왜 날 슬프게 해

보랏빛 엽서는 그 먼 땅에
향기 남김없이 모두 떠나보내고
사연을 꼭 움켜쥔 눈물이었다

그리움을 좇아
춤추는 촛불 앞에서
추상적인 그림을 그려놓고
추적추적 비가 내린다

그리움을 좇아

전경자

희번덕거리는 교차로 옆에 오늘따라
달디단 커피 한잔 호호 불어 홀짝홀짝 담금질하는데
살며시 스미는 무언의 시간

꽃잎 떨어지는 숲길에 섬광이
번뜩이더니 우르르 쾅쾅 쏟아지는 소나기가
가녀린 여인의 여름밤을 적신다

창문 밖으로 내리는 빗소리 고단한 삶이
시치미 떼고
곱게 누워서 빗소리를 귓속에 담는다

꽃비

전경자

그리움이 활짝 핀 꽃길에 바람이 분다
붉은 장미꽃이 흐드러지게 핀
숲길에 그리움이 탑을 쌓고

눈시울을 적신 파란 마음 하얀 마음
바늘꽃 피는 길가에 살랑살랑
장난꾸러기 바람이 분다

안개꽃 사이로 살랑살랑 날아드는
노랑나비 하얀나비 하얀 망 촛대 꽃피운
정원에 춤을 추며 날아든
빨간 고추잠자리

小月 정향일

1968(음 2. 3) 충북 충주 출생
1990년 "길" 문집 발간
2001년 "연지" 문학지에 김소월의 시 세계 논문 발표

서울에서 대학을 졸업하고
2004년 (주) 진보식품 대표
2018년 (주) 고려관 대표를 지냈으며
현재 경기 남양주시 거주
"문학산책" 동인으로 활동 중이며
"인향문단" 창작 활동에도 참여하고 있다.
또한 개괄적 한시 번역에도
적극 참여하고 있다.

자영自詠

小月정향일

간밤에 서리 내렸는가 했더니
베갯머리 이슬에 젖어 있고

사계절, 마디 마디 맺은 인연
침상아래 너울 샘
삼척이나 되었네

봄인가 싶더니 여름이었고
가을인가 싶더니 겨울이었더라

길가에 어린 풀 한 포기
감싸 아우루지 못하고
바람따라 나섰던 길
아쉬움이 십리나 되었다네

외롭지 않을 만큼
사람을 만나고
괴롭지 않을 만큼
사람을 그리워 하자

다 하지 못한 견딜 수 없는 슬픔이
아련한 기억 속 사랑으로 남는다면

그날을 기도하며 살아야겠네

너

小月정향일

꽃을 봐도
아름답지 않고

꽃이 옆에 있어도
향기가 없을 때

외로움의 시작은
나였다

외로움과 그리움
살아 있다면

그리움의 끝은
바로 너다

추명秋冥

小月정향일

산마루
구름은 노를 저어
쪽빛 바다를 만들고

동녘에 부는 바람
돛을 이어
소주小舟에 오르니

황금 들녘
바람과 수작酬酌하여
천리 뱃길 열어주네

해가 지고
붉은 노을 맞이 하니
신선을 따로 구해 무엇하랴

우비우雨非雨

小月정향일

비雨는 내리는데
비妃는 오지 않고

눈물이 마르니
재가 되어
가는 길 한限이 없네

오늘은
외롭지만
슬프지 않으리

내일은
그리워도
울지 않으리

오늘 같은 날
네가 보고 싶다

그래서
그냥 하늘만 바라 본다

그곳에
네가 있기 때문이다

뼈 해장국

小月정향일

영욕榮辱의 그림자
황토 그릇에 누워 있고
배추 한 소당 소금에 절여져
허공虛空 속에 말라 가는데

취한 듯 취하지 않은
어지러이 피는 맘 꽃은
술잔 속에 다시 피어 오르고

마주한 텅빈 의자
주인을 잃어
망부亡婦의 그리움만 쌓이네

시학 최인섭

62년 전남 순천 외서출생
1981년 벌교상고 졸업
1998년 방송통신대 중퇴
2019년 부천시 손편지 공모 부천 시장상 수상
2021년 마운틴 TV
시공간 시즌2 명예의 전당 베스트 작품상 수상
인향문단 시부문 등단

박쥐

최인섭

뾰족한 주둥이는
생쥐를 닮아보여

날개는 지느러미
모양새 새를 닮아

얼굴은 악마의 얼굴
너 도대체 누구냐

동굴속 매달려서
거꾸로 물구나무

서커스 공중제비
곤충도 사냥하고

고대의 익룡새인가
참 기묘한 쥐로다

연꽃

최인섭

연꽃은 꽃을 피우기 위해
진흙탕속 뿌리를 내리고

주야로 숨 죽이면서
인내속에서 고상하고
은은한 꽃을 피워 올린다

곡선미 우아한 너의자태
한복입은 효녀 심청이로다

가을바람

최인섭

가을바람 무더위
시원하게 몰아내고

거치른 벌판위로
신나게 달려오고 있네

도라지꽃 향기 몰고서
저 언덕위에 오고있네

강처럼 물처럼

최인섭

강처럼 유유하게
넉넉히 살고싶다

물처럼 맑은세상
만들어 살고싶다

아침에 뜨는 해처럼
행복시대 오리라

강물은 깊을수록
물살이 거세지고

물만난 고기들은
좋아라 퍼덕인다

아픔의 강물 지나면
은하수가 기다려

애호박

최인섭

애기가 엄마품에
안기어 꿀잠자네

호박잎 이불삼아
깊은잠 빠져들어

박새와 하늘을 나는
꿈을꾸고 있겠지

경기 광주문학

고화순
김혜숙
백덕심

고화순

중앙대학교 졸업
월간문학 시부분 등단 [물소리 샛강을 떠나다]
사단법인 한국문인협회 정회원
경기 광주문인협회 전)사무국장
경기 광주문인협회 현)감사
경기여성 기, 예 경진대회 시부분 우수상(2022)

어머니의 탑

고화순

소나무숲과 계곡을 거스른
어머니의 염원

노추산 계곡에 쌓아올린 3천 개의 돌탑
돌멩이 하나하나에 여인의 질긴 생애
돌틈 사이 얼굴을 내민다
겹겹이 쌓인 고독과 절망
전설 같은 탑길이 오늘은 누군가에게
아름다운 한 편의 동화가 되었다

모정의 탑 위에
나의 어머니의 기도가 겹쳐진다

봄비가 떨어져 죽으면

고화순

봄비가 떨어져 죽으면
나무는 푸른 옷을 적시며 웃는다

가지에 흐르는 비의 조곡이
느릿느릿 물소리를 낸다

봄비가
땅에 떨어져 죽은 날

생명 하나가
검은 나무에 새순을 올린다

네 잎 클로버

고화순

일상에서
오랫동안 찾았던 행운
무심히 지나간다

그러다 결국 만났다
그대를

나에게 행운
네 잎 클로버 당신을

꽃잎 쓸지 마세요

고화순

햇살이 간질이고 간 자리
하얀 벚꽃 잎이 벙근다

눈이 휘둥그레진다.
허기를 잊은 채
여좌천 로망스다리의 꽃구경
흩날리던 꽃잎 잡으려다 놓친
땅 위에 하얗게 내려앉은 바람의 눈물

얄궂은 하늬바람에 엇갈린 운명

이제 막 떨어진 꽃잎 비질하는

아저씨 그 꽃잎 쓸지 마세요…….
그거 보러 오는데

연한 얼굴의 상처
지나는 바람 다시 나무를 껴안을 때
꽃과 꽃 사이 머리에 화관을 씌운다

지금은 멈춰버린 무궁화호 경화역
그날 이순신 장군 승전가의 함성
벚꽃 편지로 날리고 있다

시간의 차이

고화순

사과나무와 떡갈나무는 같지 않아요
엄마는 빨리 속도를 내어
잎을 틔우라 하지만
결코 멈출 수 없는
나만의 때가 있는 걸요

저마다의
봄을 기다리는 이유

김혜숙

(경기) 광주문인협회 신인문학상 시 부문 당선
(경기) 광주문인협회 정회원
동화구연가
(경기) 광주시 초등학교 설화강사

감자 캐는 날

김혜숙

초여름 장맛비 소식
간간이 들려오는 오늘은
감자 캐는 날

호미로 살살
상처 날까 조심조심
땅속 깊이 숨어 있는 감자

어른 주먹 한 개
아기 주먹 한 개
바구니 한가득
지친 몸 추스르며
고랑끝 바라본다

땅속 깊이 숨은 감자는
두더지 땅강아지
비상식량

그 밤 심한 몸살로
약 한 봉지 먹고 잤다
아마도 내년 초여름 즈음에
호미를 또 들겠지

군고구마

김혜숙

어둑해진 골목길 걷다가
구수하게 익어가는
군고구마 냄새에 발길 멈춘다

갓 익은 따끈한 고구마
한입 베어 먹다가,
문득 떠오르는 기억

댓바람 몰아치는 추운 겨울
질화로 속 고구마 묻어 놓고
달콤하게 익어가는 냄새에
졸음 달래가며
옛날이야기 듣던 겨울밤

추억에 취해
골목길 벗어나도
아직 따끈한 고구마 봉지

밤 송편

김혜숙

엄마
꿀 넣은 밤 송편
먹고 싶어

추석을 며칠 앞두고
보채는 딸아이

밤하늘 달이
볼록해지면
만들어줄게

당장 먹고 싶은 딸아이
뾰로통해져
입이 댓발 나왔다

세월이 흐르고
엄마가 된 우리 딸
지금도 엄마표
밤송편 먹고 싶을까

투둑투둑 떨어지는
알밤 주우며
올 추석엔
꿀 넣은 밤송편
빚어 볼까

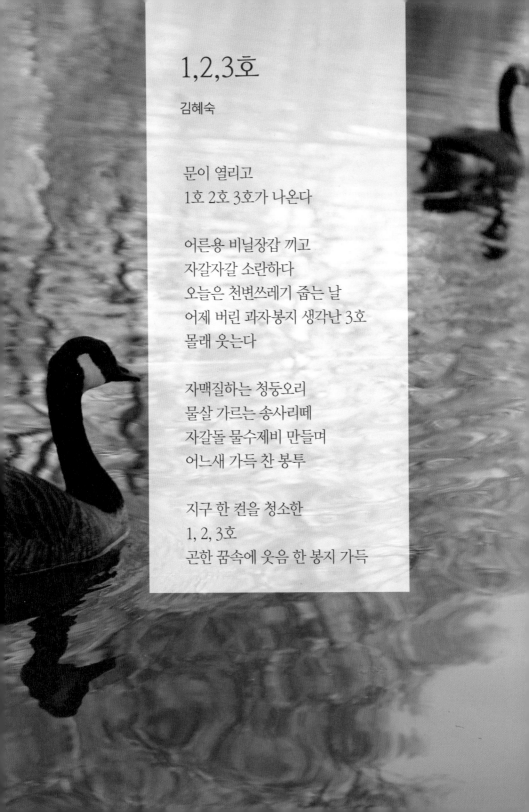

1,2,3호

김혜숙

문이 열리고
1호 2호 3호가 나온다

어른용 비닐장갑 끼고
자갈자갈 소란하다
오늘은 천변쓰레기 줍는 날
어제 버린 과자봉지 생각난 3호
몰래 웃는다

자맥질하는 청둥오리
물살 가르는 송사리떼
자갈돌 물수제비 만들며
어느새 가득 찬 봉투

지구 한 켠을 청소한
1, 2, 3호
곤한 꿈속에 웃음 한 봉지 가득

허수아비와 억새

김혜숙

허수아비 홀로선 가을 벌판
흰머리 휘날리며
비개인 하늘을 비질한다

먹구름 걷어내려 쓸어내는
억새의 비질에
새파란 하늘이 되었나

먼지 덮힌 삶도
억새로 비질하면
하늘처럼 맑아질까

새파란 강물 적셔
쓸어내면
하늘보다 맑아질까

씻기지 않은 찌든때
오늘은 바람과 함께
비질한다

백덕심

서울 출생
2021년 (경기)광주문인협회 신인문학상 시 부문 등단
2024년 리더스 에세이 수필 신인상 등단
현) 경기 광주문인협회 행사국장
동화구연가
엘리스 동화인형극단 단장
인형제작 활동

물봉숭화

백덕심

가재가 헤집어 놓은 물둑 비탈
가느다란 뿌리를 실타래처럼 내리고
분홍색도 모자라
흰색 노란색 물봉숭화 피었네

꼬깔모자 닮은 꽃잎 하나
혀끝에 대어보니 꿀향기까지

7월 더위가 한창일 때도
쉼 없이 꽃잎 피우더니
어느덧 오동통 씨앗주머니 만들었네

바람이 말 한 마디 건네려 하니
홀씨 되어
저만큼 달아나 춤추며
눈먼 꿈을 꾼다

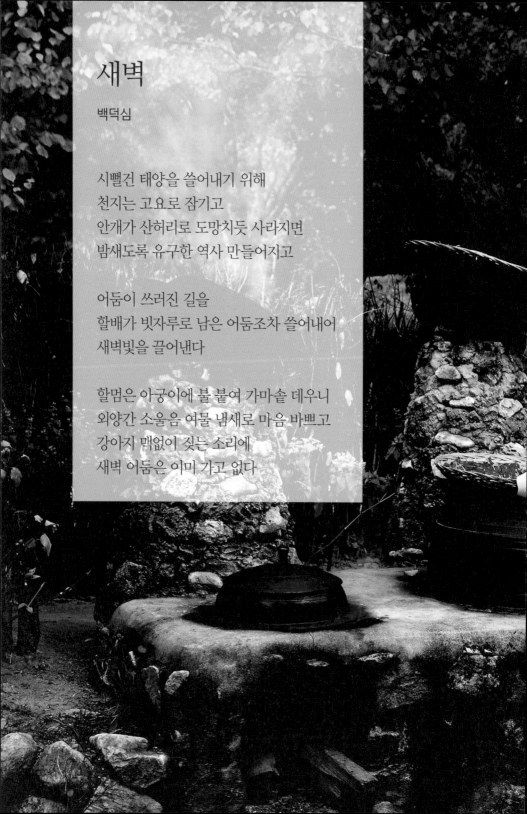

새벽

백덕심

시뻘건 태양을 쓸어내기 위해
천지는 고요로 잠기고
안개가 산허리로 도망치듯 사라지면
밤새도록 유구한 역사 만들어지고

어둠이 쓰러진 길을
할배가 빗자루로 남은 어둠조차 쓸어내어
새벽빛을 끌어낸다

할멈은 아궁이에 불 붙여 가마솥 데우니
외양간 소울음 여물 냄새로 마음 바쁘고
강아지 맥없이 짖는 소리에
새벽 어둠은 이미 가고 없다

무상

백덕심

단단하고 반짝거리는 금강석이 아니었구나

광대보다 못한 가식을 머리에 얹고
설흘을 두 바퀴 돌아 묶은 때를 벗겨본다

달그락 달그락 빈 껍데기 소리

밤새도록 황망한 꿈만 꾸다가
아침에 눈 뜨니 머리에 하얀 무서리 앉았네

머리 들어 보면
아침 햇살이 눈 부셔
아, 인생이여

고목

백덕심

고목은 수많은 새들이 기대어 울던
소리를 기억한다

나무 그늘 밑에서 뛰어놀던 아이들의 웃음소리도
올여름 모진 태풍에 이곳저곳 제 몸 가지 내어주고
아픈 곳은 옹이로 틀어막고 오늘은 수액 찍어 바르네

고목은 자기 그늘 아래 장기판을 벌이고
인생을 두던 박 영감 김 영감도
옹이 속에 기억으로 멤을 그어 놓았네

봄이면 몸살 앓으며 잎새 내어 놓고
여름이면 그 푸르름에 하늘의 구름도 쉬어 가네

가을에 낙엽 냄새 바람난 처녀 분향기로
바람결로 스러져 가고 나면

겨울 되어 까치의 보금자리 가지 어딘가쯤
언제 만들어졌는지

저녁노을빛 고목 비추며 넘어가네

집

백덕심

태풍과 비바람에도 까딱없는 새집
제 몸보다 수백 배 큰 집을 짓고 사는 개미
토굴 파서 만든 오소리집

기도하듯 만든 집에서
새끼를 낳고 키우며 사랑하며 살아가네
큰 욕심 없이 주어진 그것이 전부인 듯

하루의 피곤함 끌고 해거름
집으로 들어온 노동자의 그곳은 내 집
그곳이 평안의 쉼터이고 안식처
하루를 감사하며 지친 몸 누이면
다시 내일 사랑하는 이들과
함께 웃으며 새 꿈을 꾼다

애월 향기 문학

김은영
박효신
양영숙
현주신

김은영

애월 김은영 시인, 시낭송가, 애월 향기문학 리더

상지영서대학교 졸업
(전)예촌문학회 부회장
(전)국제문학바탕문인협회 강원지회장
(현)등불문학문학회 회장
원주시 문학백일장 장려상
내일신문 시민공모전 입상
이효석 메밀축제 수필 공모전 입상
한국시낭송 대회 장려상
국제문학바탕문인 협회 공로상
문학바탕 월간지 다수 수록
국제문학바탕문인협회 시와 에세이 2 참여
국제문학바탕문인협회 시와 에세이 8 참여
국제문학바탕문인협회 시와 에세이 15 참여
제1시집 [엄마의 비밀(문학바탕)] 출간
제2시집 [내 노래에 날개가 있다면] 출간
제3시집 [노을속에 묻어둔 그별] 출간

가을 꽃

김은영

누군가 사랑한다는 것은
내가 사랑하는 것이 아니고
그대가 사랑하게 만들었기에
그대 잘못입니다.

다가가면 멋진 모습으로
빙하처럼 굳어진 사랑을 녹이는
당신이 감정을 가져간 죄입니다.

사랑한다 하지 않아도
그대 모습 자체가 유혹인 걸.

가을꽃 당신에게 책임 있습니다.

실신하게 만드는 미소
볼그레한 아기 볼 같아
사랑스러워 미칠 것 같습니다.
.
섹시한 벌과 나비가
사람의 코를 숨 막히게 하는
당신은 가을꽃입니다.

고독

김은영

또 우울한 모드에
깊숙이 들어간다.

뭐가 그리 좋은 거라고
시간만 나면 그 소굴로
들어가는지 모르겠다.

음악에 빠져 허우적대고
노래 불러도 막다른 길
그가 부르면 냉큼 달려간다.

너와 나는
부드러운 인연인가 보다.
아무도 건너지 않는 그 다리
상념 한 덩어리 잠깐
안아보고 돌아가자.

별똥별

김은영

빛나다 빛나다 지쳐
내 기도 앞에 뚝 떨어진 그가

바위에 엎드려
포근히 휴식 취하려고
영롱한 축제가 시작된다.

잔잔한 시월에 꽃 몽우리
여기저기 기웃거리고
쏟아지는 추억에 반응한다.

하늘에서
기댈 곳 없는 외톨이가
땅위에 머리 둘 곳 찾아
풀벌레 은빛 조약돌 옆에
조용히 눕는다.

자유롭게

김은영

큰 소리 내면서
흘러라
돌에 부딪쳐도 좋다.

겁내지 말고
마음껏 날거라.

구름에 가려
보이지 않아도 좋다.

가고 싶은 대로 가거라.
흙탕물이면 어떻고
자갈밭이면 어떠랴.

하얀 바다로 가겠다면
파도가 치는 곳으로 가거라.

드넓은 하늘로 갈 거면
세월을 거스르지 말고
고달픈 인생 배우며
눈치 보지 말고 떠나거라.

가을이

김은영

시월아!
소중한 작은 여인들이 너를
부르는 소리 듣고
찾아왔구나.

가을물 한 모금에
신은 너를 낙엽 속으로
또 품었구나.

시월아!
너의 생일로 만들려고
울 엄마는 숨을 몰아쉬면서
두 손을 꼭 쥐었겠지.

신비와 풍성이 더해 갈 때
봄 꽃비보다
가을에 내리는 알록비가 더
사랑스러운 걸.

박효신

인향문단에 시를 발표하며 등단하였고 인향문단 잡지
에 초대시인으로 참여하였으며 인향문단 시화집 1 2 3
4집에도 참여하였다. 인향문단 편집위원이며 인향문단
자문위원이다. 마운틴TV 시공간 명예의 전당에서 대상
을 수상하였다. 시를 꿈꾸다 3집 동인지, 한줄의 꿈 2-
캘리 동인지에 참여하는 등 왕성한 시작활동을 통하여
첫 창작시집인 [나의세상]을 발간하고 두번째 시집 [내
눈에 네가 들어와], 세번째 시집 [너의 그리움이 되어],
네번째 시집 [나의 그리움을 만나고 싶다]를 발간하였다.

별처럼 빛나거라

박효신

나이가 들어도
햇살처럼
따뜻한 여인이 되어라

어릴 때나
학창시절이나
현재나
늘 그 모습이
어여쁘구나

영원한 예쁜 소녀가 되어
저 별처럼 빛나거라

시인의 노래

박효신

시인의 노래는
봄처럼 예쁘다

시인의 노래는
여름처럼 활기차다

시인의 노래는
가을처럼 정열적이다

시인의 노래는
겨울처럼 눈이 부시다

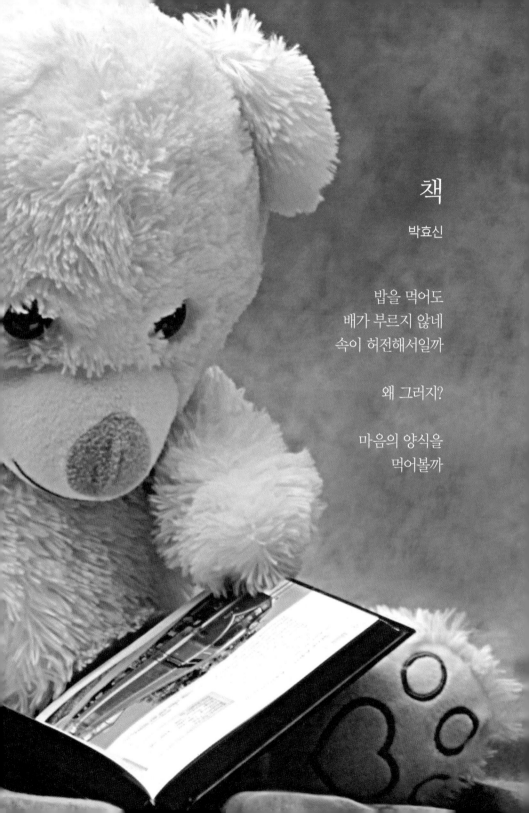

책

박효신

밥을 먹어도
배가 부르지 않네
속이 허전해서일까

왜 그러지?

마음의 양식을
먹어볼까

매일

박효신

매일 보는 노을
어제는 황금빛
오늘은 붉은빛
내일은 어떤 빛일까?

공생

박효신

석양이 내려앉은
저녁노을

강둑에 핀 꽃과
풀벌레들

서로가 공생하는
자유의 생명체

양영숙

양영숙 시인은 서울에서 태어났습니다. 성
동여자 실업고등학교(상업과)를 졸업하였
고 지금은 아산에 거주하고 있습니다. 여고
시설 문학에 관심이 많았지만 장녀인 관계
로 문학에 대한 꿈을 일시적으로 접을 수
밖에 없었습니다. 이제 잊고 있었던 꿈에 새
롭게 도전하려고 합니다. 현재는 아산에서
한우축산업에 종사하고 있습니다.

여름날의 사랑

양영숙

너를 안듯 꽃을 본다
후덥지근하고 습한 날씨

너 따로 나 따로
사랑과 전쟁의 나날들

소 닭 보듯 하루를 산다
눈이 부시도록 멋진 날은

어느덧 초로의 노인 되어
마음으로 함께 웃는

더위는 사라지고 난
너를 안고 위로로 삼는다

가을이 오면

양영숙

살갗에 스치는 바람이
어제와는 다른 느낌이

어디서 불어오는지 시원하구나

처마 밑에 제비도
한바탕 비행을 하고

소슬바람 부는 들녘엔
벼 이삭 피고

고추잠자리떼 맴도는
한낮의 풍경은 평화롭구나

가을 하늘 드높고
흰 구름도 두둥실 떠오르니
코스모스 살랑살랑
마중 간다

첫 홀인원을 했다

양영숙

파크 골프 시작한 지
두어 달

그동안 부러웠던
동료의 홀인원,

오늘 아침 나도 5번 홀에서
짜릿한 기쁨의
홀인원 맛보았네.

진심 다해 축하해 주신
선배님 내외분
서로 기쁨 가득히 함께 하고
음식 나누며
하하호호 카페에서 피어오르는
이야기꽃

홀인원의 쾌감과
따뜻한 만남이
어우러진 행복한 하루였네.

안동 가는 길

양영숙

벗을 만나러 가는 길
승아와 아연
우리는 을미생

내일 모레면 칠순을
바라보는 이 나이에
설렘 반 기대 반
잠을 설쳤다

소풍 가는 소녀처럼
새로 사온 배낭에다
한가득 싸 넣은 사랑

추억 만들기 위해
곱게 접어 놓은 이야기
새로이 쌓아 가야지

밤하늘에 별처럼 빛나는
아름다운 이야기
우리의 오늘은 청춘이라네

눈이 내린다

양영숙

눈이 내린다
함박눈이 내린다

나이 먹은 늙은 청춘들
동심으로 돌아가네

펄펄 눈이 내린다
하늘에서 눈이 내린다

너도나도 노래하며
굿샷을 외쳐본다

빨간빛 공 노란빛 공에
흰 눈이 덮여 눈사람 만들고
데굴데굴 홀컵을 향해 굴러간다

현주신

대전 출생
대전 여자 중학교 졸업
충남 여자 고등학교 졸업
목원대학교 불어불문학과 졸업
(주) 대교 어문교사 근무
인향문단 시발표 등단
애월 향기문학 동인 활동중

봄바람

현주신

봄바람을 만난 노란
산수유꽃
반갑다고 눈웃음치며
까딱까딱 손짓하고

점점 더 부풀어 자라오른
백목련 하얀 꽃봉오리에
살랑살랑 다가가서 입맞추고

귓가에 속삭이는 봄바람이
내 옷자락을 붙잡고
소곤소곤 하는 말이

봄꽃 퍼레이드
이제 곧 시작할테니
한눈 팔지 마세요!

고두리

현주신

인생길이 고독하여
삼총사를 맺었더니

언제나 봄날 같던
연민도 뒤로한 채

병석에 누울 때는
금고도 소용없네

마음의 고두리를
반듯하게 고쳐매자

고두리 : 물건의 끝의 뭉툭한 곳

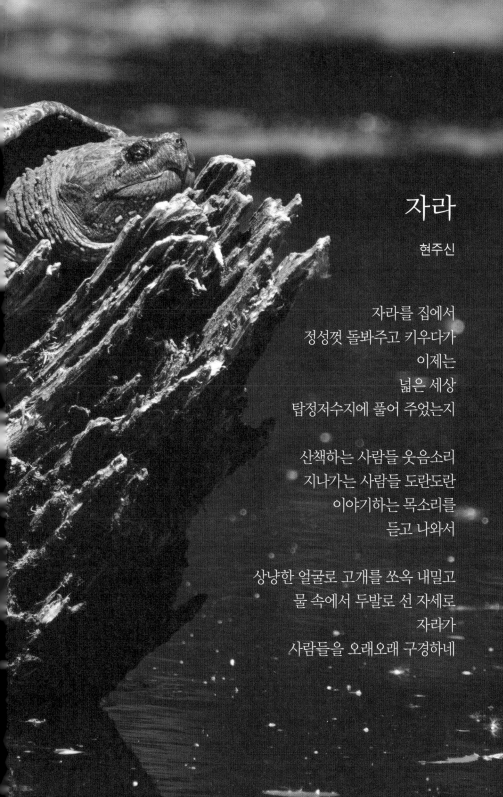

자라

현주신

자라를 집에서
정성껏 돌봐주고 키우다가
이제는
넓은 세상
탑정저수지에 풀어 주었는지

산책하는 사람들 웃음소리
지나가는 사람들 도란도란
이야기하는 목소리를
듣고 나와서

상냥한 얼굴로 고개를 쏘옥 내밀고
물 속에서 두발로 선 자세로
자라가
사람들을 오래오래 구경하네

배신을 즐기는 사람

현주신

폐기처분해야 할 못된 사람
상냥하기는 연한 배 같으나

선의와 은혜를 배신하면서
희희락락 좋아했던 그 사람

장미꽃같은 너의 얼굴이나
이미 신뢰는 떠난 걸 알아라

별똥별

현주신

별똥별이 떨어지는 여름밤에는
서쪽 하늘 바라보며
들녘 끝 앞산에 날아올 것만 같은
별똥별을 줍고 싶었지

빛나는 긴 꼬리를 달고서
먼길 지구별을 찾아온 동그랗고 작은 별똥별을
두손에 꼬옥 간직하고 싶었지

짓푸른 여름밤
높고 높은 밤하늘 한없이 올려다 보며
별 하나에 눈을 맞추고
달이 기울 때까지
별똥별 기다리던 한 소녀가 있었지

시의전당문인협회

전당문학

강민기
서상천
심규섭
우영숙
이아라

아호 栂山(매산) 강민기 시인

경상도 고성군 출생, 철성고등학교 51회 졸업
구미대학교 간호대학 재학
문예지 [문학고을] 신인문학상(2024) 수상
시 부문 문단 등단
한국시인작가문인회, 한국문학동인회, 석교시조문학회,
한국예술시문학회, 정송문학작가협회, 상록수문학회,
시의전당문인협회 회원, 천성문인협회 이사
전라매일신문 [문학산책] 등재
합천군신문 [시한편읽을여유] 등재
자생한방병원 장려상(2024) 수상
보건복지부 장관상(2024)
보건의료통합봉사회 감사장(2024)

날씨가 좋으면 찾아올게요

梅山 강민기

어쩌면 우리가 놓쳤던 순간들이
맑은 하늘 아래 숨어 있을까 봐
내가 그 길을 다시 밟을 거예요
바람은 가볍고
햇살은 부드럽게 내리쬐겠죠
그때만큼은 모든 게 괜찮을 거예요

계절이 바뀌듯
우리가 스쳐 보냈던 말들이
그 자리에서 다시 피어나겠죠
눈을 감으면
우리가 함께 웃던 시간들이
그 길 위에 떠오르겠죠

날씨가 좋아지면
당신을 찾아갈게요
마음속 깊이 간직했던 그 자리로
우리의 이야기를 다시
꺼내 볼 수 있기를
그렇게 당신과
다시 만날 수 있기를

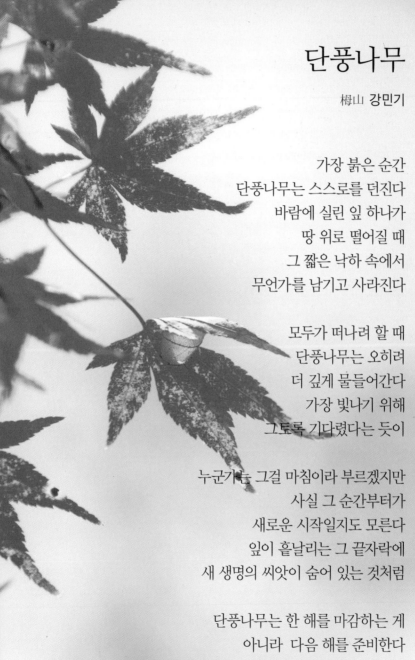

단풍나무

栂山 강민기

가장 붉은 순간
단풍나무는 스스로를 던진다
바람에 실린 잎 하나가
땅 위로 떨어질 때
그 짧은 낙하 속에서
무언가를 남기고 사라진다

모두가 떠나려 할 때
단풍나무는 오히려
더 깊게 물들어간다
가장 빛나기 위해
그토록 기다렸다는 듯이

누군가는 그걸 마침이라 부르겠지만
사실 그 순간부터가
새로운 시작일지도 모른다
잎이 흩날리는 그 끝자락에
새 생명의 씨앗이 숨어 있는 것처럼

단풍나무는 한 해를 마감하는 게
아니라 다음 해를 준비한다
지금이 가장 선명한 이유는
곧 새로운 꿈을 품고 있기
때문일 것이다.

여백이 물들 때

栂山 강민기

빈 공간 속에
무엇도 채워지지 않은 시간들이
가만히 앉아 나를 기다린다
말없이 다가오는 저녁빛이
슬며시 내 마음의 빈칸을 메워가고

바람결에 실려온 낙엽들이
내 안의 깊은 곳에 가라앉는다
쓸쓸함이 번져오는 이 순간에
아직 말하지 못한 이야기들이
고요히 머무는 그 자리를 찾아가고

내가 놓아버린 꿈들조차
이제는 작은 점이 되어
멀리서 나를 부르고 있다
잃어버린 기억과 희망이
그 여백 속에 다시 피어오르네

그러나 채워지지 않은 여백이
언젠가는 또 다른 색으로
물들어가는 걸 나는 안다
삶이란 빈 페이지를 넘기며
그 위에 나만의 색을 그려나가는 것

여백이 물들 때마다
나는 다시 시작할 수 있음을
그리움과 고독이
또 다른 빛을 만들어내는
그 시간 속에서 깨닫게 된다

바다의 물결처럼

栂山 강민기

깊은 물결이 내 마음을 어루만진다
바람에 실린 소금 냄새가
지친 영혼을 달랜다
고요한 파도 속에서 찾은
숨겨진 진실의 조각들

물결은 끊임없이 이어지고
눈에 보이지 않는 변화들이
바다의 깊은 속살을 드러낸다
시간은 멈추지 않고
삶의 갈피마다 새겨진 흔적들
그 모든 것이 물결 속에 녹아든다

고독한 바닷가에서
홀로 서서 바라본다
끝없는 수평선 너머
감춰진 가능성들
누구도 보지 못한 그 곳을 향해
내 마음은 나아간다

파도는 끊임없이 밀려오고
내 생각도 쉼 없이 흘러간다
남들이 지나치는 사소한 순간들
그 속에서 찾은 깊은 의미들
물결 따라 흩어지는 기억의 파편들
그 속에 담긴 삶의 진실

바다의 물결처럼
끊임없이 변하며 살아간다
고요한 시간 속에서
가장 깊은 진실을 발견한다
삶의 무게를 잠시 내려놓고
물결에 몸을 맡긴 채
나는 살아간다

열대야

栩山 강민기

아무리 밤이 깊어도
잠은 오지 않는다
창문 너머로 들어오는 더위가
내 머리맡에 눌러앉아
피할 수 없는 여름의 무게가
이마에 맺힌다

서늘한 바람을 기다리며
한 치의 희망을 품고 있으나
녹아내리는 시간은
더욱 천천히 흐른다

침묵 속에서 나뭇잎들이
미묘하게 흔들리고
한낮의 뜨거운 기억들이
다시금 떠올라
내 가슴 속에도 불씨가 살아난다

숨결마저 달아오른 이 밤
그리움이 문턱에 걸려
떠날 수 없는 생각들이
나를 짓누른다

어쩌면 이 여름이 지나고 나면
나도 조금은 달라져 있을까
변하지 않는 이 열대야 속에서
변화를 꿈꾸는 마음이
아슬아슬 흔들린다

이대로 밤이 끝나지 않기를
아니면 이대로 밤이 끝나기를
무너질 듯 다가오는
새벽을 기다리며
열대야 속에서 깨어 있다

서상천

시의전당 문인협회(자문위원)
청옥문인협회 회원 / 부산불교문인협회 회원
새부산시인협회 신인상 / 노계 박인로 전국시낭송대회(우수상)
제30회대한민국신미술대전(특선) / 알바트로스 시낭송회(이사)
현)양산 어울림 문학회(회장) / 具山賢갤러리 화실(대표)

수상
2023년 국회의원 (표창장) / 2023년 국회의원 (사회봉사상)
2022년 시의전당(시화전 대상) / 2022년 윤동주전국 시낭송대회(대상)
2011년 국제일본전일전(특선)

봉사및 개인전
2010년 kbs. mbc(문화홀) / 2018년 울산심류정 갤러리(초대전)
2012년 대전예원 갤러리(합동전시회)
2012년 공주문화원 불우이웃돕기

*월심, 행복, 아내의 깊은 마음에 쓴 그림은
시인이며 화가인 서상천 님의 그림입니다.

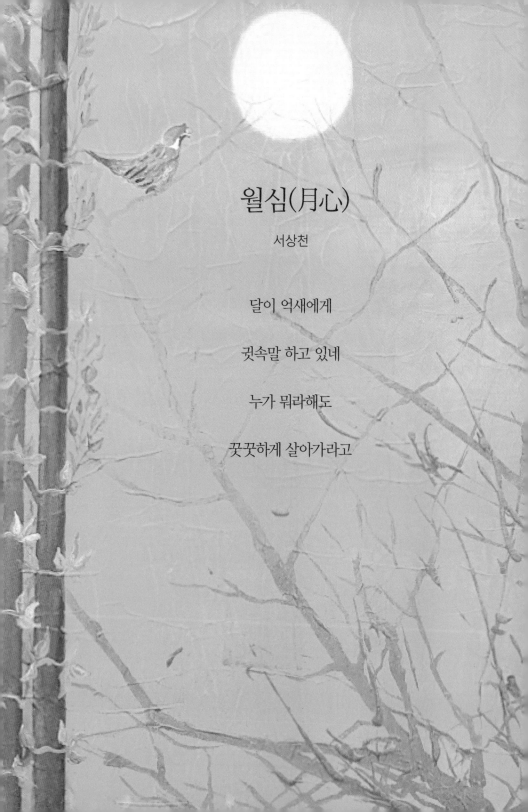

월심(月心)

서상천

달이 억새에게

귓속말 하고 있네

누가 뭐라해도

꼿꼿하게 살아가라고

행복

서상천

행복은 인내의 보상
다른 한쪽을 포기할 때
찾아오는 선물

진정한 행복이란
나의 존재를 아는 것

어디서 왔으며
어디로 가는지
왜 살아야 하며
왜 죽어야 하는지

이러한 것을 알았을 때
비로소
진정한 행복을 느낄 수 있는 것

아내의 깊은 마음

서상천

아내의 마음속
무엇이 담겨 있을까?

때론
도무지 알 수 없는
마음속에 간직했던 생각
깊은 뜻이 담겨 있네

지나고 나면
알게 되고
모든 사람의 생각
아내를 통해서
알 것 같다

나의 운명

서상천

생각은 무한한 것
기쁨도 함께하지만
슬픔, 고통, 괴로움
함께 나누고 싶은 맘

이것이 나의 운명

함께해 주지 못한 것
미안하고 답답하고
고통스러울 뿐

소중한 보석

서상천

가장 소중한 보석
사람들은 보석을 발견하고
무심히 넘겨 버린다

힘들었던 일들 생각해 보면
좋은 일들도 얼마나 많았던가
함께 있을 땐 모르고
떠나고 난 뒤 알게 되는 것

귀한 보석을 소중하게 생각하고
간직해야 되지 않을까
지나 온 날
다시 한 번 뒤돌아보자

심규섭

청옥문학 신인등단
청옥문인협회 회원
시의전당문인협회 부회장
정형시조의 美 부회장
사)한국연예 예술인총연합회(매니저)
유튜브 동영상 영상작가
사진작가로 활동중

제비꽃

심규섭

그녀의 눈물을 보았습니다

시멘트 모퉁이에 점 하나 찍은
작은 틈바구니에 세 들어 살면서도
환하게 웃는 모습에서

밟히고 허리 꺾이는 고통 속에서
눈물겹도록 꽃피우는 그녀,
제멋대로 피어나는 꽃인 줄 알았습니다

제비꽃 망연히 바라보자니
내 아픈 추억이 문득 스칩니다

말없이 바라보는 살가움
단 한 번도 차가운 눈길인 적 없어
따뜻하기만 합니다

개구리의 산란

심규섭

초봄을 굽이도는 골목에
창문마다 켜 둔 밝은 등불 너울거리면
하나하나 정으로 지핀 불꽃
산득한 어스름의 초봄 밤나들이에
달빛까지 화려함을 누빈다

별빛 쏟아지는 둠벙가
커다랗게 벌린 입속 목젖에서 떨리는
들숨과 날숨…… 애절하다

산란기에
얼마나 더 울어야만 만날 수 있을까
슬픔을 우려 생명의 신비를 잉태하고픈
감별의 밤

울음의 끝에서 걷고 또 걷는다

날 좀 바라봐

심규섭

낯 붉히는 배롱나무꽃을 배경으로
카메라 앞에 선다

따라붙는 잔주름 애써 감춰 보지만
고화질 영상이 잡아낸
적나라한 나이테
한 번도 굽힌 적 없이
끝끝내 도도하다

칠월의 땡볕에도
머금은 찰나의 미소
날 좀 바라봐

나무 밑이라
얼굴이 그늘져 보일 때는
이렇게 빛을 등지고
역광으로 찰칵

슬픔을 등지듯이……

태양은 구름 사이로 숨지 않는다

심규섭

더위에 지쳐버린 대지가 옷을 벗어던지자
태양문이 열리듯
해님이 내려다보고 더 환하게 웃는다

열꽃으로 얼굴까지 화끈거리는 날들이었다

느닷없이 구름이 달려들어
솜이불로 덮어줍니다

아마도 빛방울 씨앗이 자랄지 모르는 일

마침표 없는 이 계절
그냥 같이 살아가요

목줄에 대한 명상

심규섭

삶을 옭아맨 목줄

서로가 저당잡힌 채
목줄의 길이만큼 점프도 짧아지고
뛰어갔다 돌아오기를 반복한다

말뚝에 묶여 목줄에 매달린 나의 생
낑낑거리며 꼭두각시 노릇하듯
눈 닫고, 귀 닫고, 몸 닫고
그렇게 입만 멍멍

깡마른 울음 삼키며
날개 없어도 마지막 비상을 시도해 본다
절벽으로 뛰어도 보며

우영숙

현)가수 시인
시의전당문인협회 감사
청옥문인협회 신인상
청옥문학문인협회 이사
부산광역시표창장.부산영도 경찰서장 감사장
부산 영도구청장 문학표창장

나는 나를 사랑한다

우영숙

빛 바랜 오래된 사진을 보면서
참으로 과거를 돌아보게 된다
철 없던 시절 철 모를 때의 모습,
눈가에 이슬이 맺힌다
잘난 것도 없고 그렇다고
내세울 만한 것 하나 없는
나 자신을 돌아보니
허무함과 허전함이 나를 저 밑으로 끌어당긴다

지금까지 열심히 살아온 듯해도
난… 아무것도 한 것이 없다
좋은 아내, 좋은 엄마,
좋은 자식 노릇을 한다고 하여도
늘 부족함이 나를 가슴 아프게 하는구나

나 스스로의 부족함에 스스로 족쇄를 채우고
웅크리고 앉아 세상에 그 어떤 것도
비교 되지 않는 나를 당겨오르자
너무 강해 바위도 나를 깰 수 없게 되었다

아무것도 못 했던 연약한 내가
지금은 시문화에 감동 받고
하나하나 후일 혹여 시집이라도 내 볼까 하여
열심히 꿈을 키워 나가고 있다

어버이

우영숙

그리움은 연속입니다
나의 부모님도 그 위에 계신 부모님도
아마 그리움으로 가득차 있었을 테니까요
좋은 기억은 사라지고
불효는 그림자처럼 따라 다니며
늘 가슴 한 켠에 남아 있는
여울처럼 솟아오릅니다
촉촉한 눈가에 맺히는 옥류
머나먼 하늘 바라보며
말없이 구름 한 조각에게 손 흔들어
텅 빈 마음의 여운을 채워 봅니다

사랑 찾는 인생길

우영숙

가을 바람처럼 보드라운
숨결이 찾아온다
별빛 쏟아지는 밤하늘에 흐르는
백운도 그리움으로
제 모습을 감추고
검은 수채화 속 사랑도
별도 잠이 들고
기억 저편에서 끓는 어두운 하늘
애닯은 가슴은 울고 있다

어둠 속 구멍 뚫린 잎사귀에
흐느끼는 소슬바람
그대를 반기며 여명의 아침에
사랑은 다시 또 찾아온다

꽃과 나비

우영숙

그리워서 불러봅니다
쉴 새 없이 흘러가는 구름 속에도
아름다운 꽃이 핍니다

가슴에 간직하고 흐느껴 울 때도
금방 잊을 줄 알았나 봅니다
세월이 저기 끝자락까지
보일 듯 보일 듯
가슴을 설레게 하는군요

오늘은
아침부터 까치가 울어요
아마도 꽃을 찾는
나비인가 봅니다

그리움

우영숙

어디에 있나요
어디에 계시나요
해님에게 물어봅니다
수많은 세월이 흘러가고
낮과 밤이 지났어도
일년이 지나고 2년이 흘렀어도
흐르는 강물 위에서
그대 생각하며
안부를 물어봅니다
제비꽃이 피어나고 산새 울어대는
지난 세월 어찌 보냈나요
그 사람을
순간순간 잊지 못하네

이아라

경북 안동 출생
세명대 한방식품영양학과 졸업
시집 : 『첫 시』『아라시』
시인 문학고을 등단
문학고을 신인 작품상
파리 에콜 어워드상
동양 문학 금상
히말라야 명작상
철쭉꽃 문학 금상 수상
계간 노벨 문학 금상 수상
NEWYORK ARTS FAIR상 수상
PHILIPPINES NSSU EXHIBITION상 수상
한불문학상 수상
한국쿠바수교문학상 수상

공저 『100인 시선집』 외 다수

겨울비에 젖은 별

이아라

그대라는
흔치 않는 별이 떠 있는 것도
잠시
추적추적 내리는 겨울비에
홀연히 사라졌다

가슴에 뜬 별이
길을 잃은 듯하여
슬퍼 운다

별은 비에 젖은 뒤
어디로 숨어 버린 것일까

어느 곳에서
이리 슬피 울고 있는지
내리는 겨울비에
울음소리 전해 온다

사랑스러운 꽃

이아라

고운 꽃
바라만 봐라
어여삐 핀 꽃 바라만 봐라

사랑스러운 꽃이라 하여
다른 곳으로
옮겨 심으려 하지 마라

그리움의 토양에서
자란 꽃은
그리움의 자리에서
더 빛날 테니

첫 시

이아라

그대는 나에게 흐른다
내 안의 시간이 흐른다
시계가 째깍 돌아간다

한 시가 아닌
두 시가 아닌
세 시가 아닌
네 시가 아닌
다섯 시가 아닌
여섯 시가 아닌
일곱 시가 아닌
여덟 시가 아닌
아홉 시가 아닌
열 시가 아닌
열한 시가 아닌
열두 시가 아닌

그대는 나에게 첫 시이다

첫눈이지요

이아라

내 마음속의 그대는
매일 첫눈이지요

보일 듯
안 보일 듯
떨어지는 첫눈이지요

첫눈에 반한
그대처럼
오늘 또 그대를 만났네요

그대는 첫눈이지요
그대는 첫사랑이지요

밤으로 오는 편지

이아라

어둠이 내리면
찾아오는 것도 있다만
보내는 것도 있다

동그라미 그리다 지쳐
달을 그렸고
별을 그리다 놓쳐
어둠을 밝혔다

숲속의 아침
유영철 | 12,000원

바람의 여행
이서연 | 10,000원

풍경 속에 내가 있다
김점예 | 10,000원

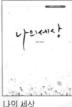

나의 세상
박효신 | 12,000원

아직도 남은 이야기
이정관 | 12,000원

누군가 그 길을 가고 있다
박완규 | 10,000원

산다는 것은
박귀옥 | 12,000원

키 작은 소나무길
김미숙 | 10,000원

나는 가끔은 네 생각 하는데
조덕화 | 10,000원

내 노래에 날개가 있다면
김은영 | 10,000원

내 눈에 네가 들어와
박효신 | 12,000원

이화동의 바늘꽃 1
이인희 | 13,000원

내 인생의 그날
최인호 | 12,000원

이화동의 바늘꽃 2
이인희 | 13,000원

금비나무 레코드가게
김해든 | 12,000원

새날을 기다리며
양영숙 | 12,000원

술 취하면 그대 떠올라
김현안 | 12,000원

시인의 운명
김현안 | 12,000원

솜틀집 마내아들
김현안 | 12,000원

마음여행
김현안 | 12,000원

술 취하면 그대 떠올라
김현안 | 12,000원

첫눈처럼
김현안 | 12,000원

목련이 피면
김현안 | 15,000원

이화동의 바늘꽃
김현안 | 12,000원

그리움에도 꽃이 핀다
김현안 | 12,000원

풀잎 이슬
김병근 | 10,800원

사랑마실
김남용 | 10,800원

소사벌에 배꽃이 필때면
최인호 | 10,800원

함께하리라
김 희 | 10,800원

사랑하는 마음
김월한 | 13,500원

봄 여름 가을 그리고 겨울
송인숙 | 13,500원

청춘이 떠나가버린 어느날
문동림 | 9,000원

노을 속에 묻어둔 그별
김은영 | 10,800원

바람꽃
김병효 | 10,800원

시산도
김병효 | 10,800원

나의 그리움을 만나고 싶다
박효신 | 12,000원

무등산의 가을
윤월심 | 12,000원

그리움을 함께 보낸다
이신혜 | 15,000원

나의 봄을 기다리면서
송인숙 | 15,000원

꽃도 사랑을 하더라
정태운 | 15,000원

울타리
이장옥외 2인|18,000원

인향문단 원고 모집

인향문단에서 다양한 분야의 작품을 모집합니다. 인향문단은 전문작가는 물론 생활 속에서 자신이
체험한 글을 진솔하게 쓰는 이름이 알려지지 않은 작가분들의 글들도 환영합니다.

출판 관련 문의에서 출간까지 도서출판 그림책에서 동행 하겠습니다!!
전화번호 010. 2676. 9912 / 070 .4105. 8439

편집위원 후기

시는 삶의 문학이라고 했습니다. 시는 우리의 일상 속에서 발견되는 아름다움과 감동을 담아내는 예술입니다. 논어에 절차탁마(切磋琢磨)라는 말이 있습니다. "옥돌을 자르고 줄로 쓸고 끌고 쪼고 갈아 빛을 내다"라는 뜻으로, 이는 학문과 덕행을 갈고닦는 것을 비유하는 말입니다. 마치 시를 쓰는 과정도 이와 같아서, 한 편의 시가 완성되기까지 많은 노력과 정성이 필요합니다.

이번에 출간되는 시화집 시의 침묵은 이러한 절차탁마의 과정을 거쳐 탄생한 작품입니다. 한 권의 시집이 탄생하기까지, 시인들은 자신의 감정과 경험을 글로 풀어내며 수많은 고민과 수정을 거쳤습니다. 이러한 과정을 통해 탄생한 시화집은 단순한 책이 아니라, 시인들의 삶과 철학이 담긴 예술 작품입니다.

좋은 글들과 소중한 삶의 정수들이 많은 분들에게 전달되고 널리 알리어 의미 있는 시화집으로 승화되길 희망합니다. 시화집을 통해 독자들은 시인들의 마음을 느끼고, 자신의 삶을 돌아보는 계기가 될 것입니다. 참여하신 모든 시인들의 노고에 큰 박수를 보냅니다. 여러분의 노력과 열정이 담긴 시화집이 많은 사람들에게 감동을 줄 것입니다. 여름날의 고생이 가을의 결실로 이어지듯, 여러분의 노력이 아름다운 결실을 맺기를 바랍니다. 감사드립니다.

도서출판 그림책, 인향문단 수석편집위원
- 이정순 / 정해경